Layout, omslag
(: Ett par härliga färgglada inspiratörer :)

Utgivarna av den här boken arbetar
gemensamt för en ordnad tillvaro
för barn utan skyddsnät.

QUOTES !

© 2020 Nehrer, Mikael
Utgivare: Sweid Holding AB
Förlag: BoD – Books on Demand, Stockholm, Sverige
Tryck: BoD – Books on Demand, Norderstedt, Tyskland
ISBN: 9789178512522

Empty cans sound otherwise;
A true leader isn't solely one who wants or wishes,
it is the one who inspires you to do.

Ängelholm 22 jan år 2020
Mikael Nehrer

0

Livet är en del av allt det där, annat
och lite till

Tre tomburkar vilade i hotellrummets papperskorg. De var helt tömda, gav tillsammans med knappt använda lakan i det i övrigt välstädade rummet informationen, en viss känsla om vad den nyss utcheckade gästen hade behövt: Vila.

Stärkt av en kvick variant av kontinentalfrukost, avhandlad från en hotellbuffet där allt det övriga som kan önskas fanns uppdukat, fick det bli ny start, ännu en gång. Arbetet framåt förpliktar, ger resultat om det balanseras med avkoppling i rätt tid på rätt sätt. Tre tomma burkar av det välsäljande märket "Norrlands Guld" tyder på något inlärt, förvärvat.

Byggarbetarens snabba morgonmål förstärker något, i det egna ledarskapet som formar hans egen vardag, åtminstone.

Arbetsledaren har förväntningar, liksom anställningen i två månader under tiden vägarbetet, brobygget med justeringar pågår vartefter ger något mer än insikter om den nya miljön och praktiska färdigheter som att t ex lära sig att koppla av.

En god ledare ordnar för sina medarbetare, kollegialt och med framförhållning, för att kunna koppla av...

Ledarskapet får effekt i stunden, särskilt. Intresset för språk, utvecklingen, gör mer ändå. Kvinnor och män har lika värde, hanteras olika såväl biologiskt som sociologiskt, arbetar olika, på många sätt, av många skäl, kan man tänka. Vi underhåller allt efter omständigheterna, och följer upp.

Efter att ha läst en biografi om en av vår tids mest iderika nyskapande visionärer kan man konstatera att vi bara börjat vår utveckling, eftersom tempot ökar med tiden. *Steve Jobs, Applekoncernens* grundare tillsammans med *Steve Wozniak* och dennes produkter, samt *Ronald Wayne,* industriarbetare inom elektronik, arrangerade en minutiöst genomarbetad helhet för datorindustrin, ett avstamp för att marknadsföra och sälja *Wozniaks Apple I & II,* En idé som förverkligades, förklarades. *(Steve Jobs, Biography, förf. Walter Isaacson, år 2011)*

I en bok om ledarskap, som den här, näringens betydelse, kost, natur, tillvaron i stort, är det arbete som *Apple* står för av betydande karaktär när vi försöker förstå vart vi är på väg, i vilken riktning. I tider då modernisering samt "soft power" engagerat skall möjliggöra en fortsättning, neurovetenskapen utvecklar idéer och söker samband som faktiskt redan idag år 2020 analyserar evigt liv, får vi möjligheter att se framåt till en tillvaro som ger både skönhet och praktisk användbarhet.
Och, kontrasten i människan mot *"The Great Depression".*

Det är därför tillämpbart att få nämna *Steve Jobs,* vars eget arbete så tydligt omöjliggjorde honom i hans egen koncern...
När de nytillsatta cheferna försökte utföra sina uppdrag i den så snabbt tillväxande koncernen med säkrad universell styrka tack vare hans, *Steve Jobs,* styrande egna visioner och ambitioner har det givit hela världen något att arbeta för. Alla våra sinnen, känslor och intryck aktiveras, det medvetna, det omedvetna och sannolikt även undermedvetna, men det känner vi inte riktigt till omfattningen av...

Han, *Steve Jobs*, citeras: *"I think if you do something and it turns out pretty good, then you should go do something else wonderful, not dwell on it for too long. Just figure out what's next"*.

Med den idén kan tillvaron alltid bjuda på mer spänning, i nyfikenhetens kreativa energi som drar oss framåt. Dessutom har flera av hans uttryck citerats, *"QUOTES !"*:

"We're here to put a dent in the universe. Otherwise why else even be here?"

"Stay hungry. Stay foolish."

"Have the courage to follow your heart and intuition.They somehow already know what you want to become."

De är tydliga bekräftelser på hans egna drivkrafter, nästan oövervinnerliga energier som skapade en hel kultur, *ipod, ipad, iphone* också *Macintosh* inte minst. Sammanhanget kallas *Apple Inc.*

Ett par ytterligare noteringar, någon fritt översatt;

"Det enda sättet att göra ett fantastiskt arbete är att älska det du gör. Om du inte har hittat det, fortsätt leta. Nöj inte dig."

"You can't connect the dots looking forward; you can only connect them looking backward. So you have to trust that the dots will somehow connect in your future."

Den här boken avhandlar livet, hur ledarskapen gör avtryck samt hur var och en är sin egen ledare som behöver smälta in i sitt sammanhang på bästa sätt, precis som de två tidigare små betraktelserna *LIFE !* som anger tonen över Din egen betydelse för Din tillvaro, respektive *NOTES !* som beskriver hur samhällets reglementen kan passivisera oss även om vi naturligtvis skall följa det sunda ledarskapet, den beslutade ordningen med lagar och regler ang. diabetes vs depression.

Du är Din bäste ledare, men det betyder att det finns vissa aspekter på tillvaron som är utomordentligt värdefulla för att skapa ett sammanhang, undvika att bli en isolerad ö som en del, t o m ledare tenderar att bli. En ledare med alltför stort egenintresse i sak förgör, förstör mer än den egna förmågan kan förhindra, isolerar, isoleras. Många kloka ledargestaler håller sig vid sidan av spelplanen p g a insikterna över den magnifika, när vi bara snuddar vid skapelsens yttre skal, i sökandet efter vår fantastiska oändlighet inom oss, kärnan.

Det är bekräftat från säker källa, *Lucille Ball*, känd för *"The Lucy Show"* i televisionens tider för sextio år sedan, *Youtube* samlar urklipp. De tål att repeteras som all klok kunskap:
"Love yourself first and everything else falls into line. You really have to love yourself to get anything done in this world."
Humor har gjort mycket av allt elände hanterbart, när det används adekvat, på rätt sätt. En affärsmässig betraktelse kan härledas ur våra mest kända personligheters efternamn, *Jobs* är en. *Bob Hope* rivaliserade med *Groucho Marx*, sägs det, och efter en tidig karriär som boxare kan vi förstå hans fallenhet för "punch-lines". *(plats för skratt...)*

Musik är ett annat ledarskap, eftersom det hanterar våra känslor, når oss över alla murar, genom alla rum och kan till och med skapas som från ingenstans, överallt när vi vill det. *Jonny Cash*, kan nämnas särskilt, mest med hänsyn till den kända låten: *"I Walk the Line"* som tillkommit på ett något annorlunda sätt, baklänges...

Att han, *Cash*, dessutom hade svår diabetes, som vi vet har högre potential komplikationer, depression i synnerhet, kan vi fundera om det bidragit till hans säkra produktivitet.

Det ligger något i betraktelser över vår historias betydelse, som *Jobs* citerats på föregående sida om *"...dots..."* m m.

Vi kompletterar historiska exempel på hur ledarskap färgar av sig, för *"ränderna går aldrig ur"* o s v.

Vad är då vitsen? Se vidare;

Kevin Bacon, kanske inte alla känner till, är en skådespelare, en aktör, en livskonstnär. Vi är alla aktörer, medaktörer, redaktörer, reaktörer.. Reaktör, ja ordet finns faktiskt även om det behöver sakkunnig språklig välsignelse fortfarande.

Reaktörer hänvisar vi till när vi talar om miljön. Arbetsmiljö får de flesta att tänka på väggar och tak när det handlar mer om medarbetare, "soft power", insikter, lite luktsinne i våra nedärvda olfaktoriella (luktnerven = bulbus olfactorius, på latin, den första kranialnerven. Olfaktorius kan översättas till "I sniff") förmågor. Känslor, medkänslor, tolkningar, blir alla beroende av ett tydligt, ordnat ledarskap. Tydliga ledare med känsla är budskapet om vårt önskeläge. Hur skulle det se ut och är det realistiskt som vår värld ser ut, i "reaktören", vår omvärld?

Åter till *Kevin Bacon,* som faktiskt har fått ett alldeles eget unikt personindex, vid sidan om alla kulturella bedömningar, tester och teser som vi har. Det är inte särskilt dogmatiskt heller, för den som är teolog...

Ett *Kevin Bacon-index,* anger helt enkelt, och ärligt, att slump har samband; alla slumpmässigt utvalda skådespelare skall inom ramen av ett maximalt antal steg ha en viss koppling till honom skådespelaren. Hela livet är skådespelet, behöver inte alls vara pinsamt som någon sa med glimten i ögat. Kärleken är allt annat än pinsam, den stora förlåtande, omslutande.

Resultatet blev *"Six degrees of Kevin Bacon"* som är ett skapat socialt spel, (liksom andra sociala spel), av kreativa studenter vid *Albright College, Reading, Pennsylvania (Pa.) USA* till viss glädje, uppenbarligen. Med indexeringen, graderna 1-6 får alla skådespelare som stokastiskt (= slumpvis) ärofyllt fått delta i spelet varsitt *"Bacon-tal".* Vi blir alla skådespelare.

Så kan vi fullända historien:

Eller så är det inte vår uppgift att bli klara med historien, eftersom det kan behöva utvecklas ytterligare:

Idag, i tider där arbetare i Frankrike demonstrerar för sin existens, att kunna klara sitt uppehälle, som låglöneutnyttjad, (o-)användbar arbetskraft när ekonomi, kapitalism styr medel till militär för ödeläggelse, maktspel och terror, som bekant, vill vi ha kvar vår tillvaros bästa möjliga, Storbritannien väljer *Brexit,* utträde ur en europeisk union för att stärka sitt pund och den egna arbetskraften, *labour vs work.*

Det jordbruksrika Sydamerika med produkter från apelsin- och kaffeplantager, fiske och sockerrör som stora exportvaror för deras bönder blir snart exportmarknad under kommande år, för EU och Kina, emedan Afrikas naturtillgångar fortsatt exploateras lika omfattande som hittills samtidigt med dyster deponi av industriella länders avfall som dödar savanner och stäpp.

I Mellanöstern och Asien stångas marknader om bevarandet av sina traditioner, kulturer mot utveckling, jämlikhet, energi, möjligheter och samverkan i miljön.

Soft power blir ovärderligt, och det är mätbart.

Den nervositet över vår skapelse som orsakar kraftmätning, militär och ekonomisk teater gör det befriande att få delta i ofarliga, oskadliga sociala sammanhang, som givit upphov till *"Bacon-tal"*, idrott, musicerande, kultur, IT-utveckling och underhållande konstarter som är beviset på vår existens, det oförvitliga arvet. Ateister eller ej, agnostiker eller ej, så är vi människor. Debatten om robotar med känslor blir effekten av oss, vårt arbete, aktörer, markörer, reaktörer, redaktörer m fl;

År 2020.

QUOTE:

"At the beginning of this century we had
Bob Hope, Steve Jobs and Jonny Cash.
Today we have
no Hope, no Jobs, no Cash,
so please let us keep Kevin Bacon":
(furthermore with due respect Mr Bacon!)

1

Gee...
whizz...

Skrattande försvann hon raskt nerför backen, flickan med de glada kinderna, det alltid levande skrattet och de pigga benen, vände sig om: "Kan du fånga mig pappa...?"

För det mesta har vi kollen, i ögonvrån, känner allt: "Dit men inte längre." Flickans språngmarsch från huset på höjden ned till den lite större vägen, fortfarande inte så trafikerad, gav visst andrum, för det tog en stund, någon minut. En treåring på raska fötter har som regel kortare ben, och pappan hinner ikapp, varje gång.

Bus, mera bus för det ger energi. De pågående städarbeten som också skall skötas behövde vila. Livet släpptes närmare, tog över varpå en stund ivrigt bus inspirerande gjorde nytta, fyllde depåerna med energi bättre än allt annat, tidlöst, och återstoden av de självpåtagna uppgifterna kunde avhandlas rätt snabbt efteråt, effektivare.

Känner Du igen det? Visst. Så är livet, härligt uppfriskande när det får chansen.

För den som inte har förmåga att springa, inte vill springa, får det innebära en utmaning att glädjas med den som kan pigga upp sin omgivning med några glada skratt, spontant äkta bus...

Klarar du att glädjas med andra har du automatiskt tillgång till din rikedom inom. Det gör nytta, fyller smart på systemet, effektiviserar allt, oavsett vad som skall göras. Det har t o m smärtlindrande effekt för det mesta. Den som är nyopererad i t ex magen, däremot, undviker skrattet, som rycker onödigt i bukmuskulaturens nervtrådar just den gången. Spar, bespar.

Ansvaret, föräldraskapet är en ledande funktion. Flickan vet det. Med vissheten, tryggheten i att varje gång hinner pappa upp kunde hon kuta iväg, som för att pigga upp situationen något. Även små barn tycks finna städarbetet lite enahanda, torrt, krasst och trist, även om resultaten ger tillfredsställelse efteråt. Ledare? Barnet får en ledande funktion genom sitt hängivna infall, som för att liva upp.

I en bok om ledarskap, som den här, blir förälderns tillgivna uppgifter nästan ofrånkomliga att ange. En dotter bekräftar.

Regeringen bestämmer, kommunen beslutar resp regionen fördelar, men vad? De kallas ofta kolloser på lerfötter, som är tröga till skillnad från den friska treåringens rappa livfullhet.

Ledarskapets ansvar innebär att ge barnen trygghet, klart primärt, det viktigaste. Troligen följer det med oss en hel del beteenden, behaviouristiskt, in i våra vuxna förvärvsarbeten senare i livet. Den ofantliga sektorn, det offentliga, har styrt oss bort från egenvärde, egenansvar, bort från delaktighet.

Vi släpper vad vi har för händerna väntar på att "pappa", en förälder, skall följa efter, fast "pappa" sysslar med annat, är trögstyrd, knappt aktiverad.

Vi förlorar riktningen, riskerar kollisioner på en trafikerad väg, snubbeltråd, ovisshet, Samtidigt behöver vi få lära oss var gränserna går. Hur gör vi då, bäst? Vad får ledarskapet för betydelse?

När fågelungarna petas ut ur sitt bo gör de på olika sätt för att komma igång med tillvaron. De flesta skall man låta vara, inte röra, i synnerhet som deras föräldrar är i närheten, söker mat, sköter om.

Undantaget tornseglaren (swift in english) kan du få plocka upp för att ge litet luft under vingarna, "pumpa upp", när den fortsatt lär sig flyga i jakten på luftplankton (bladlössen).

Då går det lätt.

Swift; *Applekoncernen* lanserade tidigt ett användarvänligt programmeringsspråk, med ständiga uppgraderingar precis som deras övriga produkter skall förnyas ständigt, utvecklas.

Swift kan man lära sig på en dag, Swift'n easy. Tornsvalan, eller tornseglaren, navigerar enkelt genom luften, svärmar, upptäcker nya höjder.

Den brittiska *Royal Air Force* körde igång 1950-talet, efter WW II, med *Supermarine Swift*, attackflygplanet, också kallat *Supermarine Attacker*. Tornsvalans färdiga flygteknik studeras aerodynamiskt och är ännu ett påtagligt evidens, bevis på hur människan försöker imitera, kanske övervinna naturen.

Ett spektakulärt skådespel är det, livet. Vilda tornsvalor (Apus apus) med svept vinge är naturliga att efterhärma med deras jetkonstruktion för slagkraftig flight, till flykt.

Bättre fly än illa fäkta? Det beror på hur vässad penna du har, och ser möjligheten i att använda annat än svärdet i din verksamhet. Pennan skapar, skissar, sketchar. Svärdet beskär, kapar men påminner samtidigt om smidande hantverk, ett gammalt klassiskt gesällyrke nedärvt av tradition, arbete, vägledning och sakkunnigt ledarskap, kvinna eller man får vara osagt. Svärdet, liksom pennan, är skapat av liv.

Livet som konstart gör tillvaron intressant att söka upp och som konst blir det genast förlåtande. Ingen skuld eller skam i onödan. Den som ångrar, på riktigt, blir förlåten, på riktigt.

Alla friska själar har en naturlig skuld- eller skamkänsla som inte behöver nämnas för att andra skall förstå. Dessvärre söker många sina bekräftelser genom andra, mer än att se sin egen tillgång. Lycka kan bestå i att upptäcka ickedömande, de fortfarande sunt tänkande, gärna kritiska sinnen som kan vara alltför självkritiska till en början för att där få känna att de har kvar sitt egenvärde, oavsett annat ledarskap.

Bättre smidande än svidande, tillfället gör tjuven. Reaktion. Exempel:

I matematiken räknar vi ut lösningarna. Den som ständigt får lära sig rätt eller fel kan styras av ett fullständigt torrt, indelat synsätt, i vad som kallas för dikotomi, uppdelat i två. Torrt, krasst och trist.

Att få höra: "Svaret är fel!" blir lätt alltför personligt, med skam, skuld och elände. Torrt, krasst och trist !

Att få höra: "Svaret är rätt!" ger analogt en positiv känsla, tills du märker att berömet inte alltid stämmer överens med det verkliga svaret på frågan, som trots att du räknat fel får rätt. Du känner. Hmm... trist? Krasst!

Att istället följa resonemangen vid uträkningar av svar på somliga problemställningar ger bättre trovärdighet. Då kan vi upptäcka att enkla beräkningar blir något annat när vi råkar skriva fel eller gör en alltför snabb analys av vad uppgiften avsåg i början. Då har vi plötsligt gjort om uppgiften och räknar följdaktligen ut något annat.

Antagande: För mycket negativ återkoppling skapar skuld och skam, hämningar som följer genom livet, i ryggsäcken.

Hur konstigt det än kan gestalta sig, livet, vår tillvaro, avgör vi hur vi försöker hantera existensen när vi har kvar någon sorts känsla, egenvärde och ansvar. Det är förlåtande, livet, om vi tillåts betrakta det som konst. Livet är konst. Du är din bäste ledare, på ditt vis ! Eller...? Hur...?

Ryggsäcken, den bär vi dagligen genom lumpen, för att få vanan, träna på att alltid ha med väsentligheterna. Det har vi nytta av. Det konstanta bärandet, av erfarenheter, kan skapa nya upptäckter relaterade till ändamålen. Förvåning?

Gee..., surprise, förvåning, överraskning,

Gee... lever kvar från långt tillbaka, som ett slanguttryck för en ed, att svära sin trohet, "pledge allegiance".

Vilket ledarskap du än följer kan det fungera när du valt, och känner att du valt rätt.

Whizz... är ljudet av vinande ljud, som i draget från vind-snabba tornseglares vingar.

Whizz... att de fantasifullt används ihop gee - whizz är kvitto på vårt behov att uttrycka, kommunciera.

Kommunicera mera, men du behöver inte prata... enbart eller ens alls. Med tiden förstår vi.

"Ur led är tiden, vet att jag är den som föddes att vrida den rätt igen", är orden ur *Hamlet* av *William Shakespeare* som med sitt ledande sätt för folket karaktäriserat hela den brittiska folksjälen.

När *Shakespeare* flyttade till London gjordes alla hans verk åtkomliga på ett nära sätt. Ändå förblev han lojal till landet i sin hembygd, miljön runt hemstaden *Stratford-upon-Avon* där hans livsbana tändes upp år 1564. Möjligen är det bidragande till att han kunde fortsätta sin skrivarstil, att med samma ådra förgylla även storstadens gator och torg med folklustspel, sin folklore, poesier, sonetter m m.

Shakespeare är, förutom en av vår världs mest respekterade, kända författare som aktör, poet också utsökt ledarförebild.

Produktivitet kan inte efterhärmas på riktigt, eftersom det kommer inifrån, innehållet. Varje kopia blir en aning udda, även de ypperligt välgjorda, välkonstruerade pastischer/ efterapningar kan du, efter en stunds eget inkännande förstå att det inte är någon äkta *Shakespeare*. Vi har en förunderligt märklig förmåga att känna vi människor, att lära oss urskilja.

Det börjar vid spädbarnsåren, skilja på gott eller ont. Det är egenskaper som vi kan försöka plocka fram efterhand i vår berättelse, som handlar om tillvaron, ledarskap och kosten. Hör och häpna ! Gee...whizz...

Just det, hör och häpna. Alla varierande uttryck får mening, värda att nämna, gång på gång. Vi riskerar annars att tappa bort historien mer och mer. Minns *Steve Jobs* med "...connect the dots...".

Ändamålen är att knyta ihop dåtid med nutid för att kunna placera sin framtid på bästa sätt.

2

You are a great concern

Du är realkapitalet, det unika. Spridning av kunskapen om "soft power" som ambition och riktning ger hopp, nytänder. Det mjuka ledarskapet som är allt annat än vagt leder oss in i framtiden, det nya moderna ledarskapet.

Tydlighet förknippar vi enklast med raka besked, riktade klara och enkla budskap. Under inspelningen av Hollywoods film *"the American"* i en jämtländsk skogsmiljö kring *Singsjön*, fick det amerikanska TV-teamet sina klara uppgifter efter en sedvanligt rak och enkel ordergivning. Det svenska teamet tog omvänt befälet över sin situation på ett annat sätt, bjöd in eller upp till något som förenklat får betraktas vara en MBL-förhandling. Amerikanarna ruskade sina huvuden undrade vad de svenska kollegorna pysslade med, när svenska teamet började ifrågasätta sina order. Lokala pressen lyckades fånga lite av den korta diskussionen, och vi kan konstatera att det ryms aspekter om självtvivel, osäkerhet hos utförarna när en ledande funktion genast skall ifrågasättas. Amerikanarna var på så vis tryggare med sitt arbete, utförde det och hade högt i tak med öppen dialog, "hi-fives"och direktkommunikation i övrigt. Ledarskapets funktion tycks ha olika ordning, eller oordning även när det gäller liknande uppgifter.

Bedrifter som "soft power" ska underlätta är egna initiativ med given återkoppling, säkrande av metadata efter analys, att säkert kunna fördela så var och en får ta sitt eget ansvar.

För att det skall lyckas krävs utbildning, på rätt sätt, av rätt resurs. I Sverige är allt som uppstår en inbjudan till kongress, konferens med kaffedrickande, 200 personer som hanterar frågor som inkontinensartiklar, stödorgan, välfärdspaket utan att de mest behövande kan ta del av all information i vad som sägs, fortfarande helt i händerna på närmaste vårdgivande funktion, tillika arbetande medmänniska. Ofta är de ideella krafterna samt de privata initiativen vägledande, rådande.

Även om det är självklarheter att nämna Du, ditt egna jag, som medelpunkten, drivet i just ditt liv, din tillvaro, är det värt att påminna oss om värdet av var och en.

Förtydligande kommer här, i relationen till ett idag använt begrepp, *LEAN*. MBL startade, medbestämmandelagen togs in, år 1976 sedan Sverige släpat nära hundra år efter europas fackliga unioner bildats med kollektivavtal. Tjänstemännens union år 1936 inledde den svenska modellen i arbetslivet där alla har sina rättigheter skyddade i lag. De plikter vi har kan lätt åsidosättas när rättigheterna hela tiden tar utrymmet vid förhandlingsborden.

Japaner har länge sett den svenska blandekonomin som ett gynnsamt samhällsklimat. Japanens tradition är överens med kulturella ordningar. De tekniska idéerna, ackuratess, process kombinerar tjänsterna, vilket omsätts väl hos *Toyota* i Japan enligt *LEAN Production*. Arbetarpotential optimeras maximalt för att begränsa resursslöseri och för att ge så mycket resultat som möjligt, allt för kunden.

Som en konsekvens har det inneburit att flera tjänsteföretag, som inte alls har någon industriell produktion, säljer in sina tjänster för att lära ut LEAN till andra företag som inte visste om behovet, om det nu vore reellt. Tjänsterna LEAN handlas, i lågproduktiva marknader för att konsulterna, tjänsterna, ska kunna finansieras på något vis. Kunden får sin produkt, ännu en, maximalt effektivt, eftersom realkapitalet, enda resursen, används till sista andel utan förluster, utan slöseri.

Varje droppe, svett eller blod, tårar eller kalla kårar, räknas på vägen, i produktionen. LEAN är målet som är möjligt att arbeta för, med minsta möjliga insats för maximalt resultat, utfallet. Hur ser det ut i verkligheten?

Ordet LEAN betyder "smärt", "smal" med synonymer som "fit", "i form". Se "lean cuisine" som är kokkonst på enkelt vis för att ta vara på näringsämnen i vår kost utan slöseri.

"To lean on", att luta sig mot, har betydelse för vilan, "lean back". Vila i steget kan man säga. Arbetssättet återinvesterar, resursen, realkapitalet människan förbrukas annars.

"An apple a day keeps the doctor away", sägs det. *New York,* är storstaden som beskrivs som *"The Big Apple"*, som man tar in en bit i taget, klyftigt...

Med alltför mycket ansträngning kommer LEAN resultera i mer än ökad pruduktion, maximerat. Arbetande anställda får sannolikt en smärtare kroppsfigur när de utöver sin ordnarie insats ska behöva relatera till ett nytt koncept som bygger på tankar men inte hur du utför. Vem bryr sig? Barnen behöver mat på bordet, bilen ska servas, och kanske få underhålla sin familj med en trevlig rofylld semester mellan andetagen efter allt arbete från kl 06.00 till kl 18.30 dagligen, inkl restid.

John Krafcik (1961-) saluförde LEAN redan år 1988, citeras:

"No one goes this alone, we are going to be partnering more and more and more."

Exakt så, med gemenskap, lagandan, team-building med en utförande funktion ger målet, riktningen, får bäring. *I'd guess I'd want to see more and understand more. It's the first time I'm hearing about it."*

Varje ledare med självrespekt, aktning, förstår direkt under ytan, allt det innehåll LEAN står för med de korta sentenserna från *Krafcik*s raka genomtänkta formuleringar. De kan också lätt förstås, eller omsättas i en organisation när det finns en ledande funktion avdelad för det. Sättet är hur vi är. I kriget litar staben som regel till sin sergeant, (*"fina fisken"*, *randiga havsaborren, Abudefduf sexfasciatus... som simmar i de stora barriärreven, Nya Kaledonien i Stilla havet,utanför Australiens östra kustlinjer*). Sergeant, ordet från franskans "servir" ger ett inställsamt intryck. I skarpt läge blir de hårdföra, ledande, för att själva överleva. Improvisation är inget som ingår i LEAN.
Sätten att tänka blir så olika. Ledningen, staben, har sin OH funktion, sin idé, sina tankar. Sergeanten står i minfältet och behöver överleva, arbetar, leder sin grupp, trupp framåt med ett enkelt mål: Till Liv! Improvisation kräver sin kvinna/man, en person med självinsikt och klokhet för hur blir det annars?
Revisionerna ger viktig information. *OH, overhead.*

Ekonomerna kliar sig i huvudet, förstår inte direkt samband mellan stämpelklocka och produktionshastighet, eftersom de glömmer det faktiska, den mänskliga faktorn, det ständigt levande, livgivande inspirerande... *Life !* Så sa han, *Krafcik:*

"If You need a driver's license, it's not self-driving."
Uppenbart.
Utveckling.
Tillämpning, i tiden.
För Sverige i tiden är vår statschefs, Kung Carl XVI Gustaf,
motto en tid präglat på varenda enkrona myntad i Sverige.

Vi har det bra. Kanske är det just därför stridbarheter tar sig
nya uttryck. Konkurrensen mäter fördelar, analyserar risker,
och det kommer att bli ännu intressantare med tolerans som
följer av "Soft Power".
Self-driving?

En inspirerad ledare upphör inte att arbeta framåt. Det är
en riktig ledare, en kapten, randig av erfarenheterna, och
han, *John Krafcik*, citeras på nytt:

*"We think trucking is a really interesting application of the
Waymo driver."*

Waymo är tekniken bakom förarlösa bilar. Hur det klarar av
sin praktiska funktion, smidigt eller klumpigt, beror på läget,
precis som ledarskapen. Huvudlöst? OH över huvud taget...
"A new way forward in mobility" uppfanns år 2009. *Google* är
med, utvecklar och sedan år 2016 finns prototyper, provbilar,
som huvudlöst driver omkring, tack vare *Waymo LLC*.
AI. IT. VR.
Känsla?
Realkapital kan inte köpas, bara omsättas, människan.

Föregångare till LEAN och TPS, *Toyota Production System*, är *Henry Ford (1863-1947)* efter sina insatser i konkurrensen mot *GM, General Motors* som grundades år 1908 av racingvisionär *William C Durant (1861-1947)*.

Hans devis, *Durant*:
"Education is a progressive discovery of our own ignorance"

Känsla!

Med sitt generösa sinne försökte han, *Durant*, räta upp en fallande börs, köpte aktier till överpris, förlorade allt av ekonomi han kunde uppbringa, för att enkelt sedan tvingas konstatera att:
"A nation is born stoic, and dies epicurean"

Henry Ford, hade samma tids livsvisdom, klarade sig bättre ur börskraschen, år 1929. *"The Great Depression"* visade sig bli hans motor, värt att betänka genom hans uttalanden:
"A business that makes nothing but money is a poor business".

Ungefär som de nativa indianerna, i USA, förvånat lyssnade till investerarna som ville köpa marken. Köpa marken? Den ligger ju kvar, även efter urdikningar och liknande, blir inget lyft för en trogen inföding, inte alls till salu. Oro för miljö och vårt dricksvatten i reservoarerna kring floden Missouri ger oss tankeställare, pipelines, nya oljeledningar.

Ödet? Faith? *"Mother Earth is our mother. She's everything. She's life. She brings life, she takes life. We get everything from her; we get our food, our shelter, our medicines. The water flows through her creeks, the lakes, sacred places. This is why we're here. because of her. It's everything"*

Liksom alltid har naturfolken sin trygghet i naturen, Deras historia, slaget vid Little Big Horn som filmatiserats, år 1864 rekapitulerat, får nytt avtryck idag med föreningen igen av alla de kvarvarande Siouxstammar som lever nu, och då, nära Missouri i de amerikanska delstaterna Dakota.

Ledarna lär behöva röka fredspipa. Presidenter, hövdingar världen över engagerar sig, försöker se andra planlösningar.

En viss "MBL"-respekt kan man ana. Protester från ortsbor är hörda bland viljor, önskningar och tunnor som skramlar.

Konsten att förena omöjliga intressekonflikter blir en del av utmaningen. Det lyckas en del konstnärer förmedla, särskilt prosaiker, poeter, författande krönikörer m fl. Det är ryggrad i folkhopen, massan på torget när det får leva ut skonsamt för åskådarna, utan några revolutionära aktivister i turbulens och motreaktioner, från beslutsfattande makthavare i desperation över att makten rinner igenom, ur händerna som var tomma från början. En tom hand har större möjligheter att ta emot, eller fånga. "Seize the day", upprepade han, Shakespeare, efter romaren Horace's "Carpe Diem". Det gör vi med öppna sinnen, öppna händer och ett öppet hjärta.

Framgången hos Shakespeare lever vidare eftersom han inte lät sig begränsas av några konstgjorda regler, konstlade lagar för prosa och poesi i den levande konsten. Därigenom sveper hans storhet med bredare vingar över folksjälen som vaknar till på Londons gator där alla får ta del av hans samtliga verk.

LEAN-konceptet blev knappast aktuellt eller känt för honom, eller dåtidens uttrycksfulla producenter. Bröd, skådespel eller industri? Allt hänger på ledarskap, författarskap och fantasi.

Horace's ode: *"---carpe diem quam minimum credula postero"*,
vars fortsättning innebär att inte lämna för mycket att hoppas
till morgondagen. Det ger oss klart besked. Arbeta för dagen.
Angelägenheten är Du, för dig, och så vidare. *Apple Inc.* har
sin egen "concern" i koncern. På det viset blir allt begripligt.
Vår förmåga att känna efter ger mer styrka, inlevelse och
kan medverka mycket mer än vi kan ta till oss, egentligen. De
stora psykologerna, filosofer från antikens Grekland till idag,
via Rom, och *Maria Zambranos* Spanien, Egyptiernas läror har
så mycket visdom som vid närmare efterforskning används
ofta, genom genuina livsbudskap.

Särskilt värd att citera är den österrikiska barnpsykologen
och som ledande analytiker *Melanie Klein (1882-1960):*
"One of the many interesting and surprising experiences of the
beginner in child analysis is to find in even very young children a
capacity for insight which is often far greater than that of adults. "
Hennes arbete inom psykoanalys för att försöka förstå tidig
anknytning och resultaten inom oss senare i livet verkar ge
konsekventa bilder om hur vuxenlivet trollar bort vår insikt
om hur potentialen hos de små barnen kan ge lärdom, våra
ledande förmågor återspeglade från vår egen barndom i våra
beteenden och reaktioner.

Den allra första ledaren vi har är en mor, för de allra flesta
som har den kontakten intakt. Därför är det betydelsefullt att
nämna. Allt kan inte förklaras med anknytning även om det
har så stor betydelse.

Forskningen tyder på att vi utvecklar sinnen också, givetvis.
Till och med hjärnan omformas, växer ikapp.

3

Vis på olika vis...

För att komma närmare begreppet ledarskap med dig som regissör och medaktör i den helhet du har omkring dig blir det en del att tänka på. Eftersom det redan finns så många böcker med i stort sett samma bakgrund, vår gemensamma verklighet, och "gör-dig-själv-rättvisa"-profilering bör vi undvika det temat igen. Istället låter vi andra beskrivningar, några spännande utmaningar om vår tillvaro genereras under reflekterandet här, efterhand. Inspiration över arbetet gör det nödvändigt att försöka leda in i framtid med några rader om utveckling utan att inveckling grumlar medvetandet. Det är lätt att förklara, ledarskap.

Maria Zambranos, filosof med tydliga funderingar angående identiteter. Hon påstår, under sin livstid 1904-1991, att miljö, vårt samhälle formar identiteter i samspel, skådespel. Det ger substans till spelet, en gimmick, *six degrees of Kevin Bacon,* Hennes storhet talar för sig själv. De som känner till henne vet om att all litteratur hon utgivit är på spanska, knappt någon översatt till engelska före år 2015 då en avhandling vid Göteborgs universitet, Sverige försvarades den 22 maj 2015;

1) **Avhandlingens titel:** *Subjectivity from exile: place and sign in the works of María Zambrano*
   Ref. Karolina Enquist Källgren, +46(0)733-34 60 75, e-post: karolina.enquist.kallgren@lir.gu.se

Zambranos sympatier med republikanerna i trettiotalets Spanien, mot regimen, tvingade ut henne efter inbördeskriget för att i exil upprepat erfara hur någon fullständig identitet inte kan formas utan en definierad omgivning, miljö eller kultur. Det är en ständig process vilket har betydelse för all vår integrationspolitik. Hon formulerade teorin om att varje enskild människa ständigt måste uttrycka sig själv som en individ. Subjektet kan därmed inte heller åtnjuta någon politisk hänsyn så länge identiteten inte är helt färdig.

Hennes filosofi är aktuell fortfarande efter erfarenheterna hon fått via Kuba, Puerto Rico, Italien samt Frankrike.

Sympatiskt är det att vi är formbara. Osäkert är det om våra identiteter skulle vara mest konstitutionella, predisponerade eller kanske bara en blandning. Det senare känns enklare, en blandning av ditt och datt, hans och hennes, ditt och mitt eller annat.

Med hänvisning, fortsatt, till dr Enquist Källgren som avhandlat ämnet *Maria Zambrano*.

Vid ett sådant resonemang begriper vi att ledarskapen inverkar rejält på oss formbara individer, vår tillvaro och hur vi gör, hur vi har det, hur vi mognar. Du blir visare, på något vis, i interaktionerna med omgivningen. Anknytningen är grunden, din plattform. Miljön ger reaktioner.

Samhällets politiska utspel påverkar oss mer än den lokala integrationen som får leva sitt eget liv beroende av närmiljön, omständigheterna omkring.

Dogmatiskt är det en ganska liberal tolkning av vår tillvaro, fortfarande en filosofi i helheten, inte hela svaret.

Rätt eller fel ger utrymme för viss variation på temat också vad gäller *Maria Zambrano* som är ledande idag och sannolikt kommer att nå fler när hennes prestationer översatts till fler språk än spanska täckande latinamerika inkl den portugisiska stridskolonin Brasilien.

Med sin *"poetic reason"* får hon tydlig ledarprofil, en logisk tankesmedja med utgångspunkter i alla de mjuka värden som är bestående: kärlek; nyfikenhet; skapande och kreativitet på vägen till var och ens identitet. Varje individ är på väg...

Är du med ? (Inte helt färdig ;)

S W O T

A lean trap? So what"? Vad blir riskerna med LEAN?

Styrkor, strengths, snyggt formulerat, troligen efter ett par träffande revisioner i någon verksamhet med stor volym och reservkapacitet. Hur använder vi kapitalen?

Svagheter, weaknesses, beskriver rösten hos medarbetarna som alltid bör ha med sig sitt kritiska synsätt med både gas och broms i fabriken. Människan, arbetskraften kan minska konsekvent i takt med produktionsökningen, något som den indiska marknaden lidit av efter IT-boomen fram till år 2013 och ett stort ras på marknaden drabbat befolkningen hårt då.

Indierna har kvar sitt skyddshelgon, den krumma nunnan, som tur är för det enda land som hållit jämna steg med Kina i utvecklingstakten med årliga produktionsökningar 8 procent.

Möjligheter, opportunities, hjälpberoendet, ställt mot något som skulle kunna kallas för LEAN-fällan, "the LEAN trap".

Hot, threats, utvecklingen blir emot sig själv vid obalans...

4

Sant ledarskap

Många kommer ihåg programmet *"Gymping"* från teve år 1983, och resten av det spänstigt aktiva 80-talet i förra seklet. Programledaren gjorde nytta, gav människor hopp med enkla tydliga budskap. Det ledande var upprepning, som orden *"kniip..."*, *"braa..."*, *"låt det draa..."*, *"å sista..."* Oavsett ledarskap är budskapen talande. *Susanne Lanefelt*, känd för sitt *"Gymping"* har givit många hopp, spänst och säkert bättre hälsa, när hon dessutom varit hälsorådgivare med ärligt goda ambitioner. Det var tillgängligt för alla, fritt för var och en att delta, tv-programmet *"Gymping"*. Vem som än leder är stilen avgörande för effekt. LEAN på nytt, t v.

Auktoriteter får sitt ledarskap automatiskt för vi vill se dem som ledare, höra deras ord, utan att vi egentligen behöver veta vad som sägs. Hur somliga ledare kan trollbinda hela nationer, kontinenter och erövra, förstöra eller manipulera är kvitto på vårt behov att låta oss ledas. *Maria Zambrano* öppnar upp med sitt fokus på individens egen insats, och ansats.

Försöken att bli någon annan är lönlöst så länge miljön inte anpassar efter individen. Samhällets alla andra individer härdar, ger oss möjligheter att processa vidare, utvecklar oss när vi inser att sätta värde på det egna arbetet.

En sympatisk tanke, att vi alla kan arbeta för vårt eget bästa för att på så vis bidra till andras bästa, genom glädje och sorg, i lust och nöd, eller som den alldeles egenhändigt skapade *Frälsarkransen*, av en av Sveriges biskopar, *Martin Lönnebo*, år 1995-. Att leda genom budskap som får spridas.

I tider då vår tro, religionena, livsåskådningar är ifrågasatta, vårt mytiskt omspunna, det historiskt bevarade berättandet konfronteras starkare än någonsin, är den, tillhörigheten, tron samtidigt starkare än någonsin. Det bekräftar den oansenliga *Frälsarkransen*, som tillverkas i byn *Purdilur* utanför *New Delhi*.

Därigenom försörjer den sina flitigt tillverkande familjer i samma by. De runt 50 familjerna lever av försäljningen som ger bidrag till deras byskola.

Budskapet blir ett levande innehåll för var och en, med det enkla armbandet i olika färger, ett hantverk som i och för sig varje förskolebarn gör på andra ställen utan att de blir sålda, utan några marknadsandelar, utan avsikter om frälsning.

Den ledande funktionen, biskop i Linköpings stift år 1980-1995 där han, *Lönnebo*, tillträdde som 50-åring, har möjliggjort ytterligare spridning av pärlornas innebörd.

Leda, låta sig ledas eller förledas?

Hur god en ledare än är avgör dina egna beslut hur nästa situation uppstår eller yttrar sig. Det amerikanska tv-teamet utförde sin order, rakt på sak, bedömde utfallet, arbetar nöjda vidare. Det svenska systemet, sättet att ofta ifrågasätta ger i sig också resultat, om ordern verkställs. Fatta beslut!

Tvivel följer med tro på vad du gör. I en kort diskussion om religion, som betyder tillvaro, inget annat, inser vi människor hur vi nödvändigt tolkar, ifrågasätter för att förstå uppdraget.

En förklaring ur *Friedrich Nietzsches* bevingade ord *"Lonely"*: *"All things are subject to interpretation. Whichever interpretation prevails at a given time is a function of power and not truth."*

Styrka, kraftmätning, inte sanning. Det kan bli för mycket "Hedenhös" över det. Författarens *Bertil Almqvist* barnböcker om *Barna Hedenhös*, skrivna mellan år 1948-1971, var tänkta att allmänbilda, med resor i vår värld. Många av de uttryck som finns med är inte genomtänkta i tid och rum. Därför har Bonnier förlag beslutat dra in ett antal böcker p g a onödiga risker med formuleringar som i sina stories är både xenofoba och utmanande *"un peu de chauvinism"*. De följer sin tid, är inte speciellt "pk", politiskt korrekta.

Hedenhös, forntidens människa var förmodligen rätt så lik de vi är idag, för annars kunde utvecklingen av människan blivit på annat sätt. Vi vore annorlunda i så fall.

Allt har ett sammanhang, precis som varje cell i vår kropp berör, blir vi berörda av allt omkring, omständigheterna. Ta livet med ro.

Exempel:

I en eka, en roddbåt, på en tjärn högt över trädgränsen är de småväxta ljungbuskagen i skiftande färger brytningen emot trädgårdarna i dalen, dikesrenar, vägar, hushåll, restauranger med skidturister som släpar utrustningen efter sig. De miljöer som är så olika, som våra olika kroppsdelar, är delarna av ett sammanhang. Istället för att luta huvudet mot handen, med pannan i djupa veck över livsbryderier kan vi istället passa på att njuta av allt det där som gör livet konst, värt att upptäcka.

Samhälle, samverkan, tågvärdar, snabbköpskassörska, buss, bussbiljetter, p-böter, kontrollavgifter, ansökningar, boutique, clinique, génique. Anmälningar, avanser, marknadsprognoser och skatteförhandlingar. Museum, kännetecken, töcken och trafik. Allt har ett samband, gärna utan "pk". Politisk hänsyn, det är viss tolerans. *Soft power*, efter *Prof Joseph Nye, jr.*

Det finns gränser för tolerans. Sunda ledarskap ger sundare avtryck, automatiskt. Så bör *Zambranos* filosofi innebära ännu mer samförstånd. När identiteter inte kan bli fulländade, utan hela tiden influeras av samhället vi lever i, finns inte heller någon rim eller reson i att vara "pk", politiskt korrekt. Det är en torr, tråkig term. Politisk hänsyn är vidare, mjukare, "soft power" mer än dogmer om "pk" som bygger på rätt eller fel, skuldbelägger, belastar. Art deco, tydliga rena linjer, konst...

Vi är i högsta grad levande själar, med uttrycksförmågor, som ska leva, förädlas, förvaltas. Det ger sig självt med goda förebilder, god riktning, goda budskap för uppbyggande mer än motsatsen. Bort från det onda, vänd andra kinden till, så som det är beskrivet, står skrivet på fler ställen.

Nietzsche (1844-1900), än en gång, som alltid ifrågasätts av somliga, når ändå ut av kärleken med:

"And those who were seen dancing were thought to be insane by those who could not hear the music"

Ovissheten, otryggheten skapar mindre för tillfället, men kan i ljusa stunder få andemening när det vårdar, omhuldar det sköra inom oss, var och en. Mera bus.

Det blir framsynt att hålla igen lite för att senare kunna utveckla på riktigt. Ledarskap har vision och mission när det gestaltar sig sunt.

Ett särskilt urval, en brokig skara, utan att nämna några av de största kända ledarna som aktivt bidragit till bevarandet av vår värld, till fred, från världskrigen till nu under 2000-talet, gör diskussionen om ledarskapets betydelse närmare och definitivt intressantare.

Varje omnämnd ledare som namngivits här har sina klara mål, ger ut tydliga budskap. Därmed inte sagt att vi alla ska behöva följa råden om samarbete som någon sa':

"Det är lättare att samarbeta när den ena gör som den andra säger"

Riktning avgör ledarens uppgift, vägen till vishet, visshet. *"Även en blind höna kan finna ett korn"*. Vi har fler sinnen att använda, att känna med. Därför har alla dagliga aktiviteter, varje stund, inverkan på identiteten, vår egen utveckling.

Det är hoppet. Vår uppgift blir mer att stötta varandra, på de sätt som är lämpliga, och möjliga.

Men, vem har resurser, är resursen, att begripa hur?

Visionärt ledarskap, enligt *Henry Ford;*
"If everyone is moving forward together, then success takes care of itself."
Självklarheter, tycker du? Bra!
Monty Python's första temafilm *(år 1971):*
"And Now for Something Completely Different:"...

5

Struktur, konsekvenser, kändisskap;

Outplånlig.
Plånet på tändsticksasken låg förut separat. Vi kunde samla dem i fodral, troligen tillverkat i läder, hantverk under 1700-talet. Plånböckernas innehåll, de plana skrivark, ett eller flera plån att skriva på, behövde dechiffreras efter ett tag i plånbok då läsbarheten, texterna utplånats. Användbarhet. Det tänder upp. De s k säkerhetsstickorna i asp, vars topp är doppad i kaliumklorat ($KClO_3$) sedan trycks mot plånet, blixtrar till.

De kallas ändamålsenligt säkra, ny form efter elimineringen av tidigare material i spetsen som då innehöll både giftig vit fosfor, blyoxid eller svavel. Tungspetsarna osade svavel...

Outplånlig.
Identitetens struktur blir outplånlig även om läsbarheten, innehållet, omformas när det fylls på, liksom musiken i tema med variationer. Plånboken blev sedan ett bruksföremål, att jämföra med franskans porte-monnaie.

Kärleken.
Outplånlig, formbar, plastisk, levande väsen. Det är vägen till liv, nytt liv. Alltid. Alla de storheter, med sina egenheter (grekiskans "idios" betyder "egen") som givit kärlek genom sin konstnärliga förmåga till liv, överlevande, har de fortsatt att leva, outplånligt, tänder upp, livar upp.

Att leda kärleksfullt är helande, något annat än "till leda" som härleds till ledsam, får betyda ledsen, "less". Etymologi, ord, urpsrung, källan, ger kunskaper om tillvaron då, mer än hur vi använder dem idag, orden. Stannar upp, tänker till, avvaktar, lär oss, förevigar. Vi minns.

Outplånlig. I alla fall tände de upp bättre, brann, stickorna med svavel på, när de var fuktiga. Aspen har erkänt stadig brinnförmåga och är utvalt material i tändstickorna.

Utveckling, Istället för att i +5 Celsius, (*motsv +4 Réaumur, noteras eftersom fransmännen allt som oftast har egna förklaringar på allt, vilket kan visa sig senare, i framtiden, bli hjälp, räddningen för vårt förtappade stringenta "pk"-samhälle utan identiteter*), snålblåst och regn på tvären, vår jämtländska sommar, kvista björkar, alar och annat klibbigt vårvirke, innan det savar för mycket, studsa flinta mot järn eller stål för att elda på, fnösket får ta fyr, är det enklare med svavelstickorna som idag ersatts av vänligare material. Vi sätter på livet, kopplar av, fokuserar i nuet med något köldstela händer för att få eld, inom.

En tändsticka. Etymologi. Ordet anger enklare när vi sätter eld på brasan. Engelskans match av franskans "mèche" som betyder veke. Det tar fyr. Fyren vid havet, elden syntes på långt håll för sjömännen i sökandet efter vila, en kust, några tomma fat mot skrovet. Kaptenen leder, annars förliser lasten, skeppet går på grund. Kärleken till havet för dig ut igen, på vågorna där fåglarna blir färre. Albatrossen som vittnar om storm är ett tecken vi lär oss tyda. Precis som vi lärde oss navigera efter stjärnorna, solen, den outplånliga kartan, med sextanten, som inte har något med brasor, sätta på lysen eller annat att göra nu när sjökorten, tabellerna är datoriserade.

Han visste, *John Bird (1709-1776),* att det kunde förenklas, utvecklas, oktanten efter *John Campbell (1720-1790)* sjöamiral som också sökte kursen. Arabernas *astrolabie* introducerades i Europa på 1200-talet A D m m. Att sälja kunskap är ledande "know-how". Vi byter erfarenheter, vi byter ord, utvecklar.

Strukturerade ledarskap ger alla var sin uppgift, fyller sin funktion därmed, lagarbetet. Att prata "team"-building utan mål är tämligen meningslöst. Lagkänsla, sammanhanget är något personligt som integreras efterhand, vilket vi lärt oss.

Dessutom är egenansvaret i utförandet avgörande för alla resultaten. Raka budskap, entydiga är enklare att följa upp.

Tempo, antal, avdelade resurser medför allt konsekvenser.

Erfarenheterna påverkar, ger bäringen för trygghet, visshet, som när stormfåglar, albatrosser inte minst, glidflygarna, når skeppen är stormarna till havs nära. Skeppen förliser kanske, med otillräcklig utrustning. Hellre kan vi resonera tillräcklig vs otillräcklig än rätt vs fel. Den första antagandegrunden, tillräcklig vs otillräcklig, ger mer utrymme att söka sina inre potentialer för att optimera. Rätt vs fel är för den klarsynte, obundne arbetstagaren, arbetsgivaren helt odramatiskt allt beroende på vilken kultur vi har. En finländsk företagsledare för Tieto-Enator, ett telecombolag, exekverar ordern, med en logisk förväntan att arbetet utförs på det sätt som nyss sagts.

I Sverige kan resultatet bli fördröjt och annorlunda även om det blir utfört enligt order efter upprepade MBL-diskussioner.

Den finländske chefen, och ledaren, förklarar att situationen skulle bli absurd om varje order ifrågasätts som i Sverige.

Albatross (Diomedeidae, stormfåglar/Procellariiformes) är ett tecken, en stormvarning. Vis av erfarenhet har en kapten lärt sig själv och av andra, besättningen. Bäst resurs för kurs, order till styrman och besättning ger resultat. Nödvändigt. Att ifrågasätta beslut för att försvara, värna sin existens kan ge sämre resultat. Livbåten behöver sin styrman.

Några århundraden tidigare, under 1500-talet, bestämde en av Sveriges kungar, *Gustav I Vasa*, att strukturera ett Sverige, Svea rike, reformerade, propagerade, stärkte frigörandet med ett diktatoriskt förhållningssätt, skoningslöst brutalt sägs det.

Historikern *Lars-Olof Larsson, Växjö*, antyder att konungen *Gustav I Vasa* gestaltar agitatorns, filosof *Niccolò Macchiavelli* idéer om makt, list och politiska styrmedel.

Skråyrken var ett sätt att hålla borgarna i styr, identifiering, ordningen återställd genom struktur. Stick inte upp...andades det långt innan *Gustav I Vasa* kom för att försvara kronan; Uttryck som är mycket äldre än så passar väl in här:

"Skomakare bliv vid din läst"
efter greken *Plinius d ä*
"Sutor, ne ultra crepidam"

När vi får göra vårt bästa och tar del av det så gott vi kan, i det vi behärskar, kan resultaten bli bra även för andra med de positiva nettoeffekterna för dig själv.

Några kända citat på temat, *QUOTES;*

"If you think you are too small to make a difference, try sleeping with a mosquito"

Tenzin Gyatso (1935 - /Dalai Lama #14,)

"I am good, but not an angel. I do sin, but I am not the devil. I am just a small girl in a big world trying to find someone to love."
Marilyn Monroe (1926-1962)

"Well, there's some things a man just can't run away from."
John Wayne (1907-1979, ur filmen Stagecoach 1939)

"Do your little bit of good where you are; it's those little bits of good put together that overwhelm the world."
"Don't raise your voice, improve your argument."
Desmond Tutu (1931 -)

"Words, once they are printed, have a life of their own."
Carol Burnett (1933 -)

"Keep swinging..."
Lars Åberg (1940 -)

En annan kulturpersonlighet omnämns då och då efter sina ansatser och insatser om fred i ffa Indien, slummen i Calcutta och många fler befolkningstäta indiska samhällen.

Moder Teresa har använt kärleksbudskapen i sitt ledarskap, och ändå lyckats trotsa svårigheterna i livet, har byggt upp ekonomiska flöden till de mest utsatta, värnat de människor som tappat eller har svagare resurser. I linje med företagens sunda ledarskap, som främjar friskt företagande med goda medarbetare, blir realkapitalet kvalitetsmärkt genom samtliga medaktörer, alla utförarna, köparna, säljarna, tillverkarna och hantverkare, ledarnas prioritet. Hennes tradition som katolik från ett litet land med brokig historia, uppdelat hierokratiskt efter religioner/livsåskådningar och tro med feodal struktur, lokala krigszoner och en ständig ombytlighet i vilket folk som dominerade härskandet, har sannolikt också gjort hennes väg klar. Hon var tonåringen som blev nunna.

Hennes *"kall i kallet"* efterlever tonåringen när hon som 40-åring får vatikanens välsignelse över *Missionaries of Charity*, den orden som nybildades av henne, och senare kanoniseras till helgon, *"Sankta Teresa av Calcutta"* år 2016. Mirakler krävs för att glorifiera någon på riktigt, även då hennes outtröttliga genuina insatser i slumkvarteren visat prov på enorm styrka, en outplånlig kärlek, en öppet levande låga av goda energier.

Ärligt talat är det ledarskap, med eller utan mirakel. *Skopje*, staden hon kommer ifrån i Nordmakedonien, en stat som idag år 2020 tvistat färdigt om självständighet, efter d. *12 feb 2019*, från greker, bulgarer, turkar och andra erövrande skick.

Statsvapnet, flaggan, symbolen är talande för sig själv, ett klart bevis på riket inom var och en. Det finns en sol, ett berg, det finns vatten i en sjö, vete, tobaksblad och vallmoknoppar, de vackra färger som pryder böljande landskap utan behov av några andra bombastiska inslag i närmiljön. Statens debatt om ett nytt statsvapen röstades ner, för att istället befria den nuvarande flaggan från kommuniststjärnan år 2009.

Alternativet, ett lejon med två svansar var alltför nära andra stater, flera politiska partier etc. Friheten är större i kärleken.

Kärlek är liv, för det ena ger det andra.

Tolkandet av intryck för var och en öppnar vägen för ärlig förståelse av allt innehåll. Ledarskapet är det möjliggörande, levande och medskapande. Se, lär, och så vidare...

Den fjortonde *Dalai Lama* kan inte undgå att lyfta fram det, samma tema i sitt ledarskap:

"Love is the absence of judgement."

Efter kändisskapen hos de omnämnda, ledarförebilder på sitt vis, alla lever upp till sitt varumärke, någon helt hundra, *Bob Hope (1903-2003)*, *Groucho Marx (1890-1977)*, *Steve Jobs (1955-2011)* och med *Kevin Bacon (1956-)* uppfinner vi ett sammanhang, ett välanvänt skämt med insikter om nutidens allvar. Behovet att använda humor är en frisk fläkt, ett givet sätt att ordna upp sina medföljare till lyckad företagsamhet med efterföljande succéer.

Det ena ger det andra, säger vi. Det blir lugn i stormen, efter en skrattkavalkad. Humor är en god ledstjärna. Tydligheten i den blir underhållande. Befriande. Precis som allt annat finns alltför många försök att efterlikna, härma. Naturen selekterar, väljer vem eller vilka som är ledande. Det är dumt, inte lönt att försöka sig på att konstruera humor, utan att det faller sig naturligt. Dömt att misslyckas? Naturen avgör, "face it"!

Carol Burnett, i inspirerande analys om tillvaron har sagt att: *"Comedy = Tragedy + Time."* Hanterbart, livet? Det är konst!

Att vara chef är, precis som för arbetaren, ett uppdrag, ett sätt att utföra arbetet, exekvera ordern.

Många kan nog blanda ihop den faktiska innebörden av begreppen chef vs ledare. "The big boss" möter framgång på annat sätt än "the true born leader".

Skillnaden i att döma eller kritisera, fördöma eller vägleda, får betydelse för den kultur det skapar i manegen. Ett sunt sätt att kritiskt granska talar för hur vi gör det mer än att vi gör, utför. Vi underhåller systemet, ger det livskraft, och som en filosof citerats, ger oss själva identitet därigenom.

I en restaurang, nära skrivande position, har ledarskapet en utmärkt positiv och lättsmält anda, som ger resultat. Direkt tydlig kommunikation, med ledarnas aktiva arbete skapar välmående medarbetare och nöjda gäster som alla blir tydligt delaktiga i allt som utförs, och mer. Gäst hos verkligheten, i restaurangen, blir gäster med sina tilltugg, också nöjda.

Det som eventuellt kan uppfattas negativt, bli mindre lyckat för någon, avhandlas direkt, rakt, tydligt utan omsvep. Inga dolda agendor, inget hemlighetsmakeri eller konstlade tunna dialoger som för att ställa sig in. Vidsyntheten, intresset för omvärlden tillåts sippra in genom fönstren, under dygnets alla timmar när restaurangen har öppet, bidrar till harmonisk atmosfär bland personal, liksom efter arbetspassen.

Det tongivande är vänligheten. Även vid bryderier, menyer, diskussioner om råvaror, leveranser m m, finner lösningen en väg genom de medaktörer som spontant deltar i stunden tack vare ägarnas ständiga arbete på plats och deras intresserade närvaro.

Privat verksamhet ställer genast högre krav på produktion, ledarskap och anställda, för sin överlevnad. Det fungerar som LEAN-konceptet. *"Samarbeta, det är lättare när den ena gör som den andra säger..."*

Offentlig sektor är allas tillhörighet, men opersonlig när det krävs så många individer i själva verket.

LEAN kan komma till sin rätt i större industrier, hellre än för de levande ledarskapen i privata verksamheter, som vi får del av i restaurangen där de får direkt resultat av sin insats.

Det är genom kärlek vi får sant goda resultat.

Outplånlig.
Ändamålsenlig.
Levande ledarskap betyder närvaro.

Misstaget att tolka kärleken som totalt godtroget lättledd är självbedrägligt, ego. Kärleken har oändligt friare syn, klarar sig utan storheter i övrigt, lever av sig själv, där den får plats, tas emot på ett sådant sätt. Den drar iväg från där den inte uppskattas, skyr orätten, till dit den får, passar in, tar plats.

Tag plats innebär att du får vara den du är, vilket nog kan misstolkas till att ha för stort egenintresse. Om du inte älskar dig själv, vad blir resultatet då? Val skapar osäkerhet.

Det är möjligt, säkert tillåtet, att söka någon att dela den nu sanna befriande kärleken med, i fred.

Det kan förklaras kort.

Anjezë Gonxhe Bojaxhiu, alias *Sankta Teresa av Calcutta,* höll föredrag, ett anförande vid internationell konferens inför ett stort antal ledande personer, prominenser av olika uppdrag, och har uttryckt samma kärnord som annars.

Ett av hennes epitet, "*Mother House*" bland gatubarnen, de fattigaste i slum runt om Indiens alla städer och omvärlden, är talande nog.

Vad hon kan ha formulerat vid internationella konferensen i Génève efter nobelpriset år 1979 har varierat bland källorna. Huvudingrediensen att vi är skapade att älska och att få bli älskade genomsyrar handlingarna hon predikande står för. En spännande tolkning, vid sidan om kärleksbudskapen är ett citat från *Moder Teresa*:
"Känner ni era medarbetare?"

För att känna behöver vi det mest elementära, kärlek, för vad blir det annars? Ägarna i restaurangen känner väl sina medarbetare, är delaktiga, och får naturligt respekt genom hur de är som medmänskor, deras identitet är klargjord.

Ytterligare kvinnor, som gjort avtryck, via mer eller mindre diskreta ledarskap, men inte gjorts riktigt lika kända som den kortvuxna kvinnan från en katolsk familj i Nordmakedonien, är Nobels fredspristagare, t ex; *Alva Myrdal f. Reimer (1902-1986, prisad år 1982 ang nedrustning), Aung San Suu Kyi (1945-, prisad år 1991 ang befrielse), Bertha von Suttner (1843-1914, prisades år 1905 ang fredsarbete)*
Kvinnorna har uppmärksammats, på fler sätt än så. Särskilt värt att nämna är *Bertha von Suttner,* som fortsatte fredsarbetet hela sin livstid, och publicerades.
QUOTE:
"Seek not good from without: seek it within yourselves, or you will never find it."

Med tanke på alla de människor vi är, och har omkring oss, allt vi gör, lever av, finns det sannolika möjligheter att arbeta helhjärtat *"for the good cause."*

Därför får det betydelse, sammanhanget vi har omkring oss, de små detaljerna, det stora panoramat, rikedomen inom.

Stora ord från små celler som vi alla har liknande, kanske inte lika många och troligen inriktade på litet olika sätt.

Utveckling.

Sammanhanget är livgivande, nyskapande, så länge vi håller igång, som han sa, komikern: *"Keep swinging!"*

Kärleken bär, ger hopp, för de som tror på det, visar vägen i oss alla, särskilt. Med alla klokheter, visheter, trygghet m m får vi erfarenheter om vår natur, hur vi bäst tar till vara allt det vi har inom oss. Ändå tycks det bli oändligt, citerandet, antalet variationer eftersom vi nyskapar hela tiden, oändligt.

Vid snabb gallup, frågan till olika branschfolk, människor med mångårig erfarenhet av ledarskap, får vi samma svar, att ledarskap är fortfarande något oklart.

Har vi så många olika viljor, är vi så osäkra, tvivlande, över vad det innebär att utföra, uppfylla någon annans önskan?

Det vet vi, att det ska vara samtycke för bästa resultat, för det motsatta blir direkt eller indirekt negativa konsekvenser, kanske skadligt för den part, individ, som blir tvingad något den inte vill vara med om.

MBL är kvitto på självbestämmande, men medför konflikt, eftersom de andra tycker olika...

Vår demokrati, valfriheten, blir osämja, underliga debatter, diskussioner om nonsens när ingen tycks vilja se det verkliga för då blir de av med sin tjänstepension.

6

Mother nature, "jordlingar", samband...

"Inget är nytt under solen", uråldrigt.
Star Wars, stjärnornas krig, historiskt i alla riktningar.
Soft Power är framtidens ledarskap, med ett signum, tydlig
och klar transparens, mer till funktion än person. Att som ett
politiskt parti ha flera "roder" underhåller systemet, kanske
bäst som i *"Three men in a boat"* Jerome K Jerome, från år 1889.

Den illustra klassikern har samma grundmening som vi kan
förstå idag. De tre männen tar med sitt allra nödvändigaste,
enbart, investerar ett par flytande veckor vid flodbanken. Alla
underfundigheter, strandhuggen är målande beskrivna. Varje
modernt politiskt parti splittar, drar av olika valmöjligheter,
p g a otydliga agendor. Alltför många detaljer, små frågor
som kunde avhandlas närmare oss som ska utföra dem, tar
upp energi i arenan istället för att skapa en grundtrygghet i
samhället för integration, utveckling, fred samt jämställda
villkor på arbetsmarknaden.

Kraftmätningar blir oundvikliga, men kan orsaka utbrott i
affekt i utförandet, hämmar beslutsfattande förmågor när det
saknar tydlig riktning. Ekonomisk eller militär kraftmätning
orsakar skada. Mjuka värden, realkapital *'människan'* behöver
inga andra sanningar än tillvarons nödvändigaste. Skådespel
genom statens politiska matadorer, terror, byter vi istället ut
för en sunt bearbetande ordning där alla får ta sitt ansvar.

Ledarskapet tar sig bäst fram genom raka, tydliga linjer, och sin enkla begripliga struktur. Kraftmätningsbehoven minskar.

Tre män i en båt beskriver essensen, vad vi kan behöva för den fortsatta turen. Något oväntade, oförutsedda händelser, kanske omedvetet sökta blir vår utmaning. Ledstjärnan blir självklar. Din kompass inifrån förtydligar, söker.

Det betyder att arbetet som ska utföras väntar tålmodigt tills det blir handlagt. När flera styrande funktioner inverkar kan det splittra, när det vore bättre att få avdelade resurser, delmoment på en gång av någon klar utsedd vettig ledare.

Så som kaptenen navigerar mer av naturen, stjärnorna, styr mellan grunden, så har vi förmågan att känna in läget när vi får tillfälle. Utan inre styrning, eller sund ledning, följer den viljelösa slentrian som minsta motståndet bjuder på och kan låta någon annan bestämma, för bekvämligheten.

Det går, på något vis, fast nog verkar det mer tilltalande att själv få verka för bästa möjliga utfall, resultatet av arbetet med belöning.

Våra belöningssystem är kopplade direkt till hälsa. Därmed följer ohälsan bristande ledarskap, organisation utan timing eller uppföljning.

Nöjdhet och trygghet är de två faktorer som visat ger goda kvalitativa träffsäkra värden på produktionen, arbetsmiljön, resultaten hos kund m m.

Analyser saknar sitt värde om de inte följs upp.

7

Mänskliga egenskaper... rara fåglar, visselblåsare

Inom idrotten är resultat alltid kopplat till ledaregenskaper som det finns många exempel på, särskilt inom lagsporterna, hur somliga medspelare verkar leda naturligt även när de av brist på inspiration, kondition eller omständigheter missar målet. De lyfter övriga i alla fall. Omständigheter.

Sjukvården då? Hur fungerar strukturen, i det ofantliga? Med uttrycket *"det är för lite hockey"* inom sjukvården kan LEAN-diskussionen få annat perspektiv. De flesta kan namn på kända idrottsstjärnor, som inte behöver bekräftas särskilt.

Hockey spelas som bekant i tre perioder. Varje lag ställer upp formationer, "femmor", med alternerande backpar eller kedjor med tre och tre. Utvisning följer av ojuste spel. Den är tidsbegränsad.

Sjukvården har avdelningar, behandlar, opererar planerat och förslagsvis inom en viss ordning. I ordningen får vi yrken med titlar och förväntas bidra med sådant som ursprungligen beskrivits för respektive. I tider då administrationer sväller, offentlig växtvärk, kommer patienterna på undantag.

De vårdbehövande ställs på kö, som för att garantera flödet i produktionen, stärka vårdgivarens resurser strukturerat mer än att gynna den faktiska nyttan, nöjdheten eller tryggheten i resultaträkningens uppdrag bland de vårdbehövande.

Det går åt större resurser att organisera och planera tillväxt än utföra vårduppdraget enligt kallet.

I hockey spelar ingen alla tre perioderna oavbrutet, för det är ett lagspel där ledande funktioner märks, ger resultat. Där är fallenhet mer än utsedda funktioner framgångsbärande.

Att byta rätt resurs på rätt sätt, i rätt tid, kunde sjukvården gärna göra, direkt, istället för att låtsas kompensera anställda med extra ledighet efter onödiga överarbeten. Verkliga behov är det ett fåtal som utgör. Allt det ger en friskare vårdapparat med slipade "griller" för bättre grepp i verkligheten.

Vid rinkside står analytikerna och sprider synpunkter som ledningen får svårt att omsätta just för tillfället. Allas rätt till god vård blir inte utfört enligt form där det gör störst nytta.

Två man kort frestar på, spel i numerärt underläge får just konsekvenser. Hockey-tänket bidrar till snabbare passningar, rappare avslut, och strategiska val. Resurserna fördelas efter behov. Tillgång på material ombesörjs inför varje matchning, även under matchen. Analytiker kan missa målet...

Ekvationen är enkel. Med utgångspunkt i uppdraget, listan med "att göra", fördelas befintliga resurser för säkert utfört uppdrag. Det vet vi, att kvalitet vill vi behålla.

Akut situation, nödläget, kräver improvisation, styrkt av inövade larmfunktioner. Vi har alla förmågan, förmågorna, att se, känna, värdera. Gör vi det verkligen när vi behöver?

Ett bra team utan god ledning finner formerna. Omvänt, en god ledare utan de bästa resurserna entusiasmerar till goda resultat, så småningom. Det ger sig självt, samordningen, sambandet efter uppdraget när det är väl definierat, målet.

Men, *Steve Jobs*, ville till slut så mycket, ref. *Walter Isaacsons Biography*, att medarbetarna inte hängde med honom riktigt.

Idrotten, särskilt lagsporter har ledare, lagledare. Matcher leds av domare.

En känd fotbollsdomarprofil, nationellt och internationellt, *Ulf "Utta" Eriksson (1942-)* har gjort många goda insatser för yngre kollegor, inte bara som fritidschef. Det är tydliggjort än mer inom elitfotbollen som stöd åt domarkollegor, som vi kan inse är bland de mest utsatta ledarna i fredliga sammanhang. *"En god ledare sprider ljus och värme,"*

I hans, *"Utta"*, fortsatta karriär är han en god ledarförebild, med sin självklara tydlighet som ger utrymme för lyssnarna, honom själv och dialogen. Just där, i dialogen bygger vi upp ledarskapet. Han fortsatte: *"inte mörker, och...(utelämnat)... De kan förmedla drivis också, fast det beror på var de kommer ifrån!"*

Efter att ha tillfrågat honom personligen, i några vardagliga nödvändigheter är det intressant att få omnämna honom i en blandning av andra mer eller mindre kända personligheter.

Som objektiva lyssnare, betraktande, får vi friheten, Du och Jag, att tolka honom fritt, *"---var de kommer ifrån"* m a o antyda som *Dante Alighieri(1265-1321)* redan gjort, under i stort sett hela sin resa till sitt *"paradiso"* från ett *"inferno"*/helvetet via reningen som symboliseras väl av *"purgatorio"* / skärselden i hans *"Divina Commedia" (1307-1321)*.

Människan är en skör varelse vilket gör hela charmen. Somt är stort, somt är litet, somt är gott, somt gör ont, när EGO ska balanseras mot Jag. Ego är den enda egentliga ondskan, för vi lever under prövningar av alla de laster som förut stämplats in i historieböckerna av någon religiös ide, som istället för att hjälpa oss bli de vackra individer vi kan bli tvingar oss att uthärda oss själva tyngda av s k synder. Det är ett skådespel hela skapelsen.

En äldre demagog (präst), som har namn, flyttade fram den inåtvända syndabekännelsen från inledningen av varje stund, kalla det andakt, för att ge mjukstart till besökarna, andrum, när det bara bryter ner att kalla alla välkomna syndare när de äntligen lyckats sätta sina fötter hemma hos, i sin traditionella uppväxtmiljö, i församlingen igen.

Alla får betydelse, alla har betydelse, på något sätt. Hjälpen vi ger varandra är inte alltid att bekräfta eller ständigt finnas till hands, som pappa gör när dottern springer iväg ut mot den trafikerade vägen igen. Flickan vänder sig om, tittar, igen så där busigt skrattande. Det är kärleken inom som gör en god ledare. Om flickan inte blir bekräftad, får känna närheten i sin språngmarsch kan det bara sluta illa. "Pappa" behöver inte fånga på en gång, bara ha lite koll, se till att det är ok, ge trygga besked, förmedla närhet. Vi växer med uppgiften.

Att som någon utsedd befattningshavare, chef, tillfälligt ta i med tyngre artilleri, byta ut sina medarbetare efter att ha fått känslig kritik är rådigt ingripande om inte de privata reviren är vad som styr handlingen, för snabbt affektivt.

Det kan också visa sig bli ett sämre alternativ än att ta hand om vederbörande olyckskorp, som i sin funktion haft rätt att ange sin chef för otillbörligheter, "visselblåsare"

När en kritiker får komma till tals i en verksamhet fattar en balanserad ledare mer av nyttan, i att tillåta tolkningar av det innan förhastande självhävdande beslut till förfång för alla.

Gräver, gräver, gräver... där Du står,
till ljuset på andra sidan

Mörker och elände, eller andra synonyma begrepp av lite mindre rumsren karaktär, är både allvar och humor. Det måste finnas humor. Några har den geniala förmågan att leda oss andra gapande fågelungar, vingklippta, "pumpande" små sökare i försöken att lyfta mot högre vyer, se litet mer, känna tillvarons yttersta helhet, inom, sanningen, vägen och livet.

Komedier kräver mer än bara intelligens, erfarenhet och tolkningar. Ett komiskt inslag behöver, för att ge någonting, grundad sanning. Exemplet är vår mimik, som anspelar rakt på sak, som vi avläser intuitivt, omtolkar efter behag, utan att tänka på att det är där vi kommunicerar mest, får signaler till uppbyggnad, eller destruktion. Ansiktets muskler ger mer...

Dan Andersson, (1888-1920) gjorde starkt intryck på sin tid, med litteratur som fortfarande färgar av sig, randig, inte bara i kostymen. Hans olycka, av rengöring på hotellrummet där han för tillfället övernattade, vätecyanid mot vägglössen, gav sannolikt större innehåll för honom, hans efterlevande och oss övriga små sökare. *Dan Andersson* har ledande ställning trots att hans författande är förknippat med dystert mörker, i alla hänseenden i total kontrast mot hans så allmänt erkända humor, vitsighet och smidiga levnadssätt, skogskarl som han är beskriven av *Gunnar Turesson*, år 1976. Om hans ständiga handledning, *Bhagavad Gita*, diktverket som bara är en del av ett större sammanhang med nästan 2 miljoner ord i nära 200 000 dikter, betydde mer än *Krishna*, en livsstil, får vi gissa.

8

Tre tomma tunnor, närande, tärande eller lärande ?

Lättsmält.
Aptitligt.
Gourmet.
Organisk.
Mise en place.

Soft power.
"Hej och hå å' en flaska med rom...", som taget direkt ur
sagan, en barnfantasi som ännu inte dragits in för presumtiv
"icke-pk"- profil, *Derelict* ur *Skattkammarön* av *Robert Louis
Stevenson*, från år 1883. Idéer, inspiration klingar fortfarande
via Broadway. Ledarskapet är beskrivet på många sätt som
det odiskutabla, auktoritärt oresonabla förtrycket, brutalt på
sjörövarvis. Liksom urhistoriska tiders ordspråk om *"ekande,
brons, skrällande cymbal"* förstår vi att en ledare utan budskap
får sällan följare. En tystlåten person med tydliga budskap
kan vi lyssna till, känna med och följa om vi vill. Typexemplet
är *"Forrest Gump"*, filmen som på de mest osannolika vis kan
beskriva skådespelet, *"delusional bubble"* i unikt manus från en
novell utgiven år 1986, om huvudpersonen av *Walter Groom.*

Det finns inga förklaringar på hur ledarskapet karikeras så
träffande, när alla sökare försöker finna någon att följa för att
där finna meningen med livet, tilliten, tillvaron och förnyelse.

Det rena inom honom, det oförstört godtrogna, känslorna,

bidrar till de rena lyckträffarna överallt, från små detaljer till de stora systemen vi bara snuddar vid. En frisk fläkt av hopp. En dunfjäder inleder den storyn, berättelsen, svävar sedan vidare i slutvinjetten, ger underlag för en enkel slutsats. Diagnostiken blir simpel, verkligheten överträffar fantasin, i verkligheten...

När vi svävar på målet, mot målet, får vi tillfälle, momentet att känna i stunden av skapandet, där varje del är värdefull, varje foto, varje löpsteg, varje ögonkast. Det är just då allting blir levande, ett LEAN-koncept ständigt producerande av sig själv. Arbetet fortsätter i och med det, ledande, som en fjäder.

Beroende av näringen, intaget för maximal utväxling. Precis som för snabbflygarna, racerbilar, tankade attackbåtar avgör resurserna hur långt det räcker innan vi får lita till naturliga vindar i spända segel. Gomseglen tar emot första tuggan, låter passera om det är rätt, ger god smak, känns bra. Sedan följer bearbetningen, omsättningen för näringens skull.

Ögat vill gärna vara med initialt mot målet, reta litet, fresta på alla sätt för att optimera upplevelsen, fördela resurserna, intaget, näringen på bästa sätt; Mise en place, förutsättningen för tillagningen, känslan före aptiten. Sväljandet av kameler, genom vår tunna matstrupe, nästan som nålsögat, minskar tacksamt till slut när vi inser att vi får mindre näring, färre nyttigheter, inlärda att det ska vara torrt och tråkigt när det är rätt. Organisationer kan uppenbart göra det tråkigt. LEAN ger resultat även med magert innehåll...

Torrt, krasst och trist. Vi behöver lära oss att njuta, kroppen känner vad som är bäst. Var får vi rätt information?

Kost vs ledarskap?

Det är förenligt under förutsättning att näringen intas på rätt sätt, jämnt, behagligt fördelat. Dynamiken beror på. När vi ställer saker rätt, leder arbetet, mise en place, får vi goda resultat lättare. Ett rörigt kök kan av ren inspiration, tur och en del förvåning bidra till nyskapande av smaksuccéer i stundens ingivelse, med kryddor, blandande ingredienser på sätt som du inte riktigt kan upprepa nästa gång. Att kalla det för succé uttalas av någon som bara tagit intryck.

En kock förtjänar sunda råvaror, goda rätter, goda recept, idéer, medarbetare i ett anpassat kök. En adept behöver mer.

Arbetet fortsätter i och med det, ledande. Näringen behåller sin spänst när råvaran är så naturligt använd, så enkelt som det går. Varje smak förhöjer något inom. Ledarens uppgifter blir klara, när gästerna vill ha god mat.

Soft Power ska attrahera, aptitreta ungefär som en maträtt,
Soft Power övertygar, ger mersmak ungefär som en maträtt,
Soft Power genomsyrar kultur, politiska ideal, taktik samt policies, mättar behagligt som en maträtt.

Hard Power är tvångsmatning. Torrt, krasst och trist!

Hard Power är skört, spräcks av andra kindens filosofi, även efter ödeläggelsen. Se det onda, bygg bort det onda.

Våra mjuka ideal, spänstigt underhållande underlättar byte, lagspel, blir lättsmälta. Produktionen blir lätt som en fjäder.

De hårdföra terrormetoder som följer à la Hard Power visar sig destruktiva, ödelägger, skrinlägger, bombar på...

9

Näringens betydelse, faktiskt.

"Everything ends this way in France – everything. Weddings, christenings, duels, burials, swindlings, diplomatic affairs – everything is a pretext for a good dinner."
– French playwright Jean Anouilh(1910-1987)

Så generös är riktningen, åt alla håll. Anouilh sydde ihop en del teater, med gener från sin skräddande far, balanserande allt med sin mors musikaliska följsamhet, utan att fela. Redan vid 12 års ålder började han författandet. I många prövningar växte hans yrkesbana, kritisk till moralförfallet, dekadens och klyftan mellan hans liv vs konsten, sägs det.

Le rose et le noir

Efter aktivt arbete under fem decennier fick han sluta sina ögon i Lausanne, för att sväva vidare... i det blå, hedrades i och med det:
'Anouilh est devenu omniprésent dans la vie théâtrale française ... Incontournable " Anca Visdei (1954-)
Oundvikligt. Det blå.

Ledaregenskaperna förtydligar Soft Power, även om tonen är mörk, svart.
Det färgar av sig alltid, ledarskapet, på ett eller annat sätt.

Konstnär *Vincent VanGogh (1853-1890) Noord Brabamt,* även
när han inte var på örat, urskiljde flera, 25 sorter svart, liksom
en rikskänd sportjournalist kunde nyansera med hyfsat säkra
analyserande termer i ord som: *"- mörkvitt -, "- spaljégrönt -",
"- sängkammarrosa -"* etc etc.

Även under tidiga tv-tider i svart-vitt färglades sändningar
av vår välkände reporter. Rekordfärgen *"- grisskärsgrått -"*
som lätt tolkas vara en ren felsägning om bilmärket "Rekord"
från 1974 med nyansen *"Grecian..."* i assimilerande grå silver.

Nog undrar Du om kostens betydelse, när VanGogh troget
målade av *"Madame Ginoux"* vid *Café de la Gare,* i *Arles,* mat-
landet Frankrike. Potatis, lök, gula citroner avbildade han, åt
bröd tills han en dag stängde butiken. Historien om VanGogh
vid den tiden, kan ge misstankar om tillstånd av mindre god
anda som orsak till dålig aptit, ett fysiskt hinder utan bot.

Livet är konst, upprepas ideligen, det ena och det andra. En
rättvis tanke att förstå smärtor hos någon som kan skapa, mer
än hallucinationer, avbilda naturtrogna måltider. Nog har
kosten betydelse för sömn, harmoni och välmående. Allt dess
innehåll, råvarorna med sin rikedom, vitaminer, minderaler,
näringsämnen, fria från nutidens ftalater, de kemiska salter,
estrar som disseminerar och förorenar allting, för de finns
överallt.

Koncist: Ftalater skadar, är oorganiska, bryts inte ner, kan
orsaka störningar i våra hormonsystem. Primaterna, de nära
släktingarna halvapor, lemurer, spökdjuren till människor är
känsliga, sköra, precis som aporna, de lite lägre primaterna
enligt *Carl von Linné (1707-1778)* i hans botaniserande värld.

Organismer är en helhet, själ och kropp, identitetsskapande.
Kost och ledarskap hänger därför ihop.
Alla begriper att hormoner de märks.
De flesta förstår att miljön får skadeverkningar från oss.
Några har insikt i hur oorganiska föreningar sprids via LEAN
när industrier i lättledda produktioner ökar sina utsläpp, sina
artiklar som innehåller miljöfarliga ämnen som de kemiska
föreningar som kallas ftalater.

Så, även om människan får återhämtning för den ytterligare
produktionen saknas insikterna om inverkan av vår naturliga
vs annan kost på hela vårt väsen, hela vår värld.
Allt vi stoppar i oss får effekt.

Energidryckerna med taurin, koffein, piggar upp hjärnan,
lurar oss att tro mer än vi borde, när kroppen förtjänar litet
rofylld avkoppling. Aluminiumburken blir kvar. Reskontra.
5:2 diet är måttet på överkonsumtion, redan där.
Bantningskuren LCHF är med parallellen paleo-/stenålders-
kosten andra sätt att kontrollera överkonsumtionen. De ger
goda resultat. En aggressivare variant är ketokost, vars sura
nedbrytningsprodukter av extremt kolhydratfattig, fettrik
näring svälter ut sjuka, företrädesvis maligna/elakartade,
celler/enheter för att ge hjärnan som bäst använder ketoner
(de sura resultaten vid svält, diabetes bl a) till energi.
Lord Banting hade en plan, efter övervikt, knäsmärtor och
toilettbegränsningar, sin idé om viktreduktion.
Dr Kellogg arbetade upp majsodlarnas potential genom att
tipsa om tjocktarmskost, majsflingor, ett slags prebiotika som
hjälper tarmarna arbeta bättre, när tarmbakterierna sköter sig.

Det modernare probiotika, med A-,B- och C- kulturer bland mejeriprodukterna, respektive vattenlösliga, vitaminer BC, de hydrofila samt fettlösliga/lipofila vitaminer ADEK i livsmedel som skummas av i produktionen för att sedan tillsättas fungerar bäst att äta naturella, obearbetade.

Rotfrukter har C- och K-vitaminer i riklig mängd.

Det finns fler antioxidanter i morötter, tomaternas lykopen, bladgrönsakernas luteinsyra än i industrins konstlade piller.

Vi har spårämnen, mineraler i gröna växter, klorofyll, får allt vi behöver ur avocado med papaya.

Solmogna apelsiner har C-vitaminer, till skillnad från de i lasturymmet förslutna trälådorna som transporterats över de sju världshaven. Därför fick sjömännen skörbjugg, i bristen på C-vitamin.

"Hej och hå å'en flaska med rom..."

Lite närmare cellorganellerna, mitokondrie, ribosom, golgi, lysosom, endoplasmatiska nätverket, cellmembranens egen uppgift med renhållande kloroplaster, kommer sanningen när vi stoppar i oss näringen, salt och socker.

Utan att gå in i detalj på effekterna förstår vi nu hur delarna i näringen inverkar på oss, hela vägen från oändligt litet till de stora dragen i auran runt omkring oss. Hormonerna gör sitt inne i cellerna. Vitaminerna på liknande sätt, ämnen som måste tillföras för funktion. Acidofilus, Bifidus, Casei är bakterier f övr, förvillande nomenklatur mot ABC-vitaminer.

En ledare som hoppar över lunchen av ekonomiska skäl har redan där förlorat fotfästet. Någon som lärt sig balansera sina intag har däremot fattat helheten. Livet blir möjligt.

Digestion

"Mens sana in corpore sano", "en sund själ i en sund kropp" kan omtolkas *"rund själ i en rund kropp" (The Real Group, år 1994, travesterade: "sund själ i en rund kropp.")*

Vi har alla del av ett större sammanhang. Därför gäller att våra små celler får samverka. Då gäller att själen vill ha en välmående, välfungerande kropp. Hormoner.

Företagets ledning vill ha en välmående funktion, men ofta brister engagement i anställda, enheternas välmående. Det är lean cuisine utan att bry sig om råvarorna. Då blir det annat än gott. Med dubbla budskap, olika ABC, får vi skorrandet, som inom sporten, tre fel när hästen tvekar vid hindret, inte tar sig an uppgiften. Hästens näring på frodigt bete, hos sund skötare, i god träning ger fina resultat. Hästens ABC i foder innebär enkelt uppvärmning, t ex ångkokning av spannmålen som befrias från ogynnsamma bakterier, sänker oxidationen, spjälkar de långa sockerkedjorna i stärkelse för ett snabbare näringsupptag, liksom en lagom varm laktosrik proteindryck från lätt syrade mjölkprodukter tankar reserven snabbare i systemet inom efter utmattande övningar för människa.

Vitaminer, E är tokoferol, F är omättade fettsyror som linol- eller linolensyra för hud, hår och naglar o s v.

De vattenlösliga B- och C-vitaminerna tål inte uppvärmning lika bra, omsätts direkt naturellt. Varvat foder, färskt grönt, rötter, nötter med oljor kan förklaras i detalj hur de bidrar.

Näringen individuellt anpassad ger optimalt resultat. När marknaden styr, ekonomiska intressen tvångsmatar oss med onyttigheter, bör du hålla dig vaken, på riktigt.

Bedrägligt beteende ? Ledande ställning

I stokastisk oordning ringde den hjälpbehövande olyckligt utvalda äldre människor, informerade dem vänligt att de efter senaste hälsokontrollen saknade vitamin B27. Av respekt för den "vita makten", den "visa" ordningen i samhället, blev de uppringda så där lagom uppskrämda att de följde varje saktmodigt förklarad anmaning om att:

1) Ta ut pengar, som du nog behöver prioritera för din hälsa istället för till andra onyttigheter från affären.
2) Köpa medicin för att bota den mycket allvarliga bristen av det här.. (Nu har den vänliga rösten i telefonluren gått litet för långt i sin hjälpsökande patologi,)
3) Posta pengar till den givna adressen, för medicinen fanns bara i London.

Den kvinna som reagerade sunt när rösten sedan bad att få bankkortet dessutom postat till adressen gjorde henne rätt tvivlande, utan MBL, snarast spontant inkännande, sådär som vi gör alldeles för litet även inför godtyckligt fina ledare.

Hon uppsöker sin hälsocentral efter kl 17.05/5.05 pm en fredag. Osannolikt möter hon två i personalen som av någon obegriplig anledning fanns kvar då, på stället. Hennes oro märkbart gripen av blandade känslor förklarar hon, visar lappen som hon ordningsamt skrivit angiven adress på. Det gjorde henne, och andra rättvisa, hennes sunda reflektion och aktion. Brevet kunde genom adressen genast återföras till henne, uppgifterna granskades och det verkliga behovet hos den troligen hjälpsökande mannen hade en uppgift värd att kontrollera... Vitamin B27 skulle vara Vitamin B17 som kallas *Amygdalin*. Det lär finnas i aprikoskärnor, som alternativ till övriga naturmedel. Omogna celler kan teoretiskt förstöras av intaget av aprikoskärnor som förutom att vara synnerligen svårsmälta med tarmdefekter som följd, inte heller gynnar helheten med det höga cyanidinnehållet efter spjälkning av *amygdalinet*. Cyanid binder gärna till cellernas syreupptag och tränger undan syretransporten från våra funktioner.

OH blir huvudlöst. Linus Paulings försök att påvisa effekter på maligna celler skrinlades p g a riskprofilen i övrigt. Hans bättre visade resultat om C-vitaminer som källa för läkning har bäring, fastän mängderna behöver vara så höga att nära 80% filtreras ut via urinen första dygnet. Det kostar mer än det smakar, kanske också efter ett antal nybildade kristaller, kallat njursten som är väldigt smärtsamt när askorbinsyror fäller ut i urinvägarna, stoppar flödet.

Kost får betydelse för näringen. Ledarskapet, intaget, OH, är avgörande för tillvägagångssättet i helheten, de allmänna utgifter, kostnader intaget får på kroppen, företaget.

Näringen har betydelse på alla sätt. OH, overhead, över huvud taget/ "at all".

Sömn.

Hormoner.

Anpassningsförmåga, kallat adaptation.

Coping, hantering av flöden, interna egenskaper.

Att detaljerat föreslå kost är enklare att göra begripligt med OH genom övergripande drag. Trögsmälta proteinkedjor belastar tunntarmens arbete, suddar ut cellernas struktur.

Varje enhet fyller en funktion, även blindtarmen, som är ett immunologiskt försvar med sina lymfoida enheter som överreagerar av vissa situationer, belamras av fruktkärnor eller frön som smälter för långsamt, bakteriekulturerna krigar om utrymmet, tar hand om varandra liksom vi människor gör, ibland till bristningsgränsen.

För säkerhets skull har vi av ren erfarenhet, beprövad, lärt oss att blindtarminflammation kan åtgärdas. Omdebatterat, ämnet, när eller hur läkning kan förväntas. Bakterier smittar av sig, ska inte vara i tunntarmen. Akut läge. Fråga, eller ej?

Människor oroar sig över virusar. HIV, det stora 80-talshotet men det har tillfört goda kunskaper om igenkänning av våra blodkroppar, CD-ytantigener. SARS, MERS av Coronavirus som angriper luftvägar skapar ytterligare lärdom, respekt för vår utsatthet, vårt sköra tillfälle att lära, livet.

Klokkunskapen från mormor/farmor, eller sjuksköterskan på hemmet, att efter magsjukan, rotavirus som slår ut halva befolkningar i afrikanska länder, eller turistdiarreerna i asien, mellanöstern m m, kan vi reagera sämre en liten tid på vanlig mjölk som merparten annars kan förtära komplikationsfritt. Proteinerna blir svårsmälta, om inte tarmen får tid att läka,

Ledarskapet sitter i annat än titlarna. Effekter av erfarenhet, styrman känner grunden, kaptenen ordnar upp, koll på läget.

Det blir tärande att få onyttigheter, lärande och tärande. Det är närande att få behandla ohälsan med sunda medel, lärande och ledande. Bärande...

Så, självklart är ledarskapet avgörande, liksom näringen för allt vi gör. Du är din bäste ledare, lyssnar till bäst resurs för att hitta ut ur det oklara, ur smärtan, från det onda. En känsla vägleder.

Det vore enklare att organisera som digestionskanalen, den nedersta delen, vars uppgift helt enkelt är att ta upp vatten, socker och salt, någon vitamin ibland, verkar i direkt respons. Var sak på sin plats. Var sak har sin tid. Alltid.

QUOTE:
" Du ska gå på en folkhögskola, där får du i dig kunskapen" uttalat av en brevbärare, hemodlaren från Nykvarn med sitt fraterniserande, vän till *Jan Fridegård (1897-1968)* som sade *"Ju högre upp man kommer, desto mer syns av ändan"*

Att som naturalist konfrontera kalla kriget blir frossande, i personliga egenheter. Rebelliska attityder eller civil olydnad?

Ledarskapet bjuder upp till dans, buffet, i takt, otakt, färgar friskt, måleriskt, affektivt koleriskt m fl valfria yttringar.

Smidiga medarbetare förtjänare goda ledare, gärna diskret väldoftande. Sunda ledare har nytta av äkta medarbetare.

Ett modernt instrument för ledarskap är genomarbetat. Ett typexempel på välfungerande strukturerad handledning får du med rätt redskap, som t ex i:

"Management by Cross-Training" av *Clive S. Michelsen (1962-)*

Programvaran, i litteraturen, är ännu inte marknadsförd, är på god frammarsch, fastän produkten fanns redan år 2007.

10

Wants or wishes

"And now for something completely different:"
På folkhögskolan får vi lära oss lite av allt annat, det där om rökning, kollektivism, genusprofiler, naturalism, konstfack, uppåttjack, neråttjack, sekularism, integration och separation m m. Livet ger mycket mer.

Efter prövningarna, ett par världskrig som delade upp oss i två tydliga zoner, krigsblock, med murar som rivits tack vare *Michail Gorbatjovs (1931-)* frigörande av Sovjetunionens stater under sitt *Perestrojka*, nydaningen, efter 1982 och bidrog starkt till att Berlinmuren avtackades radikalt för alla släkter, länder, fick samhörigheten ett friare insläpp av ljus.

Många vill ha förändring, men de vet inte nuläget, saknar orienteringen. I militären finns ändå klara användbara order.

Det bör noteras att militärens bästa redskap, orientering och order alltid bör följas upp av en *"check"*, när order repeteras av soldaten. Ordning! Organisk nutidsorientering, realism.

I verkliga livet vill vi skapa, nyfikna bli mättade, få dämpa hungern på de sätt vi känner bäst lämpade utan skada för någon annan. Vi befriar mer än fäller.

Alla viljor och önskningar förlorar sin orientering frestade av målen, i brist på tålamod. Olyckor har vi tagit till oss, av respekt och lärt oss.

Allvarliga händelser, som t ex Tjernobyl, kärnkraftolyckan år 1986 Chernobyl i dagens Ukraina, i Sovjetunionen då, har givit kunskap om det s k HLA-systemet på alla cellers ytor och de kallas även för transplantationsantigener eftersom de har betydelse för eventuell avstötning av vävnad, nya organ. Kärnkraftolyckan i Chernobyl är mest känt för sina Becquerel som gav strålande svampar, lysgula kantareller i Norrland, i Sverige, samt att de lokalt i Sovjetunionen orsakade allvarliga sköldkörtelsjukdomar i behandlingskrävande omfattning.

HIV som är ett klent sk *retrovirus* har för sin överlevnad lärt sig angripa en smart minnescell, som kallas CD4-helper cell. Det är vårt cirkulerande immunitetsminne. Forskning har gjort att vi idag både kan bromsa HIV, samt behandla, bota andra elakartade sjukdomar, blodsjukdomar med läkemedel som har renodlats tack vare kunskaperna om CD-ytantigener, antikroppar m m.

Virusar och bakterier har alltid gäckat. Vårt överarbetade habegär med folktäta städer, ödeläggelse av lantbruk, natur skapar muterade, vanliga lite mer aktiva förkylningsvirus som angriper de övre och nedre luftvägarna.

SARS, Coronavirus, orsakar akuta inflammatoriska skador, systemreaktioner hos unga friska i lika stor omfattning som redan sjuka.

MERS, från mellanöstern, skärper beredskapen mot virus, i en annan het zon som blivit politisk arena, skådespel, sedan FN placerade Israel år 1949 vid Medelhavets strand mellan Röda och Svarta hav.

Där pågår en annan fredsdebatt, gränser avhandlas, köps?

Israel – Palestina

Fredsdiskussioner med fortsatta krigstillstånd pågår idag, år 2020, samtidigt som företrädaren för vår största krigsmakt, USA, låser läget genom en markering. Huvudstaden i Israel ska förbli enhetlig, med tillägget att en statsdel kan få kallas för huvudstad i ett överhuvudlöst rike i Palestina som är splittrat. Deras tidigare ledare, som varit en sammanhållande länk, *Yassir Arafat (1929-2004)* nominerades till Nobels fredspris år 1994 vilket blivit tveksam propaganda idag trots att priset då delades ömsesidigt lika mellan Israels resp Palestinas ledare, när de lyckades skaka hand utan att darra på manschetten.

Benyamin Netanyahu (1949-) fortsatt premiärminister i Israel idag år 2020 åtalas nu för bestickning, mutbrott och bedrägeri.

Riktkarlen för samma fredspris, *Shimon Peres (1923-2016)*, polacken, insåg riskerna, stärkte maktbalansen särskilt under presidentåren 2007-2014. *Peres* visste sannolikt mer, efter sitt försök att emigrera ytterligare och fredligt plantera en judisk bosättning i Negevöknen, finna frid någonstans för sitt folk, år 1944:

"We should use our imagination more than our memory."
"There are no hopeless situations, only hopeless people."

Det blev en fängslande upplevelse efter att Beduinpatrullen på militärt område agerat rättsligt beskyddande. Härbärget var nog annorlunda mot folkhögskolan, men ändå lärande:

"If you eat three times a day you'll be fed but if you read three times a day you'll be wise" ...

Läsningen av litteratur, studerandet, gjorde säkert gott för juristen som antog *Vadet* från bankiren i novellen med samma namn av *Anton Tjechov (1860-1904)*. Pengar är underställda kärlek, vishet, klokhet. Människan får välja en hel del på vägen. Det har också president *Peres*, lätt konstaterat om och om igen, se här:

QUOTES:

"If you have more dreams than achievements-you're young."
"When a friend makes a mistake, the friend remains a friend, and the mistake remains a mistake"."

"Making peace is not a simple endeavor. It is a constant struggle. But its complexity should not overshadow its purpose."
"We may soon find that peace is made possible not through negotiation but through innovation."
"If an expert says it can't be done, get another expert."

Boken heter *No Room for Small Dreams; Courage, Imagination and the Making of Modern Israel.*

Respekt. Soft Power, efter *prof. Joseph Nye, Jr (1937-)*. Dialog för framtid är ett mål när vi känner av temperaturen, lättar på trycket och tillåter sund konkurrens, attraherar fri marknad.

"Allt du önskar kan du få..."," *"When You wish upon a star"*
Tröstande ord, något mer än tröstätandet, när maktsökarna försöker sätta sina personliga spår utanför regelverket.
Tre önskningar är det som vi vill uppnå, mer eller mindre.
Vilka är de?
Ditt arbete leder dit.

11

Tre önskningar, om lyhördhet...

Örat, som VanGogh provokativt skickade vidare, samlar in information som inte alltid är önskvärd.

Oundvikligt blir det ledares uppgift att lyssna med mer än de anatomiska handtagen på huvudets vardera sida, som när orientering och order missas kan bli attackerade av någon som känner det gripande behovet.

Lyhördhet beskyddar fortsättningsvis en ledares öron från höga ljud i friktionen av okänsligt upprepande i handlingar mot den annars rätt så utstående delen, för den delen. Gehör följer respekt. Hänsyn, blir ett resultat inför den lyhörde ledaren. Respekt. Insikt.

Bland stjärnor och svarta hål

Det är ett populärt festtema i studentkretsar. Din lyskraft avgörs i ett sammanhang, identiteten formas aktivt, färgas av omgivningen i stunden.

Du väljer åt vilket håll du utstrålar. Tolkningar om hur du är kan du givetvis också påverka, rätt ordentligt faktiskt. Det tänker inte alla på. Oavsett vem som tolkar så kan det finnas en aning sanning i en betraktelse, troligen om iakttagaren själv.

När ledarskap går in i ett nästa skede, utförandet av ordern, tar soldaten befälet över uppgifterna och löser dem på bästa sätt efter förmåga. Så naturligt!

Det är skillnad på ett evigt MBL mot LEAN-tänk mot sunt reflekterande, att bearbeta ordern innan du processar vidare. Ansvaret för att det blir utfört fördelar ledaren, genom att säkerställa att det verkligen blir av, och följer upp resultatet.

I *Lord of the flies*, från *1953-1954*, enligt *Lord William Golding, (1911-1993)*,är ledarskap beskrivet, bekräftande hur samhället fungerar, hur vi skapar regelverk och struktur bland lysande stjärnor och svarta hål.

Debatten om jämlikhet saknar grepp i den år 1983 prisade författargärningen som beskriver ledarskap på två sätt, dels en god vidsynt, lyhörd ledare, dels den egocentriskt drivande härföraren; Soft Power vs Hard Power.

Metoo idag blir något helt annat, och får bemötas som något helt annat. Citaten efter radioinspelningar med *Lord Golding* från BBC under 1950-talet kompletterar citaten ur novellen *Lord of the flies*:

"The greatest ideas are the simplest"

Allmänt känt är hans uttalande, intervjun hos BBC, bevarad av *Youtube*, frågor om genusprofilen i hans bok om flugornas herre.

Allting kan misstolkas, vantolkas när det inte får sin öppna, ärliga arena, att förstås objektivt:

"I think women are foolish to pretend they are equal to men, they are far superior and always have been"

Orden efter, bisatserna som lagts till senare, kommer från andra än *William Golding* själv. Andemeningen att bekräfta kvinnlighet kan inte förtydligas mer än så som han gör.

Tre önskningar, från en anställd, vilja eller krav.
Lyhörda ledare.
Aktiva, orienterande och positiva ledare.
Meningsfulla uppdrag, klara order från tydliga ledare.

En önskelista från en ledare, vilja eller krav.
Riktigt bra utförande av ordern.
Välformulerade frågor från medarbetare för utveckling.
Lyhörda medarbetare.

Det är generellt samma, överallt. När arbetsledaren har mål utan lön från produktionen märks det säkert. En arbetande i produktionen ger kunden allt inflytande, efter sitt utförande. Verkställande av ordern ger resultat, vilket märks.

Sättet att förmedla är det enda som får betydelse. En tanke blir sällan mer, eftersom barnen gör som pappa gör inte som han säger. En flink dotter tänker själv, kutar iväg på sina ben, skrattar. En reflekterande dotter kan tvivla mer, iakttagande, tystlåten, återspeglar mer än önskat, i takt med sin insikt, sin mognad. Responsen låter inte vänta på sig, då resultat märks direkt. En trygg, god förälder får trygga, sökande och gärna litet risktagande barn. Tryggheten gör det möjligt. Barnet som inte känner någon tillit till en förälder, aktuellt sammanhang, tar egna initiativ, helt och hållet.

En god ledare förmedlar därför tillit, trygghet, uppföljning med seriöst intresse, gärna med glimten i ögat om det nu är möjligt. Vi har så olika förmåga att ge vidare, och så vidare.

12

Målet

"Life itself is the most wonderful fairy tale of all"
"Att leva är inte nog, solsken, frihet och en liten blomma måste man ha". Ungefär så berättade H C Andersen (1805-1875), dikt om verkligheten. Med ett introvert, eget beskrivande har hans författande liv blivit böcker från andra som inspirerat läst och följt hans skapande, inkluderande skandinavismen då han som patriot för sitt Skandinavien gjort skäl för det.
H C Andersen är ledande och har sannolikt gjort verklighet till dikt, mer än det omvända. Det är naturligtvis intressanta insikter för litteraturforskare, författare i allmänhet, att höra mer om, samtidigt som alla hans sagor underhåller oss under tiden. För att bearbeta livet har verkligheten fått bli sagor av honom, vid närmare analys.
Ärlighet är mer än att berätta allt på en gång. Vad som sägs kommer inte alltid att överensstämma med vad som känns.
H C Andersens försök att finna kärleken förblev obesvarad även om historien säger att det fanns hopp någonstans för honom med. Skapande är alltid från inom, precis som hon sa, *Bertha von Suttner.*
I *Andersens Kejsarens nya kläder* blir det klart, hur sanning, bearbetning av egenheter kan avslöjas till slut. Sanningen kommer alltid fram heter det. Därför håller de, sagorna från H C A. Han levde upp till sin förebild i *Shakespeare,* sin samtid med *Charles Dickens ((1812-1870).*

Allt som sägs får en mening. Frågan är: Hur? *Dickens* enkla: *"There is nothing in the world so irresistibly contagious as laughter and good humor."* säger väl, är rena hälsan. Ur allvaret växer den fram, humorn, från rätt källa med rätt energi, och det är meningslöst att undvika det, livet. *"Life itself is the most wonderful fairy tale of all"*

I blandade känslor, genom uttrycken, citaten får vi än större möjligheter att skapa mer, av allt det fina inom som kommer att ge världen sitt sanna värde.

Det är bara EGO, som skadar, sig själv och andra, för kärlek är fri, andas och leder vidare. Visst förstår vi att några söker ledarskapet för att bekräfta något inom. Att leda innebär mer än att vara chef. Någon vill vara chef för att få bättre betalt, en förmån, för att kunna köpslå. Det är magert att vara chef. En chef har egentligen det juridiska ansvaret för andra, när något inte blir tillräckligt väl utfört. *LEAN* kunde behålla spänsten bättre om det användes mer för att avlasta personal som inte har några andra val. Vi arbetar i ett samhälle, vår natur, med levande näring för bästa sällskap. *Albert Einstein (1879-1955)* la fram det klart enkelt;
"Värdet av produkten kan finnas i dess produktion"

Det är i tillbakablickar, nutidsorienterande perception, när framtiden besöker oss hela tiden på nytt, som vi får det sanna perspektivet på livet. Du är själv bäst resurs, som bör behålla drivkraften för att göra Ditt bästa med Ditt bästa bidrag. Det är mer än att bara vara EGO. Det är Soft Power. EGO-habegär motverkar liv. Ledare skapar liv. Hitta det, eller finna det...

"...that's the Question?"

Empty cans sound otherwise;
Loving, caring and understanding will create,
recover, reroute and reestablish

Ängelholm 4 februari
Mikael Nehrer

13

*"Den verkliga upptäcktsresan består inte i att finna nya
landskap, utan att se på nytt"*
- Proust

Marcel Proust (1871-1922), via *"La belle époque"*, lär ha fått allt
vad godhet, kärlek och ömsinthet kan innebära från sitt hem.
Ändå sökte han svaret inom, resan inombords till själen och
sin egen livsuppgift. Han är erkänd framförallt genom serien
romaner *"À la recherche du temps perdu"* / *"På spaning efter den
tid som flytt"*. Sviten har analyserats djupt. Berättande med de
självbiografiska historierna ur verkligheten har han skapat en
flertemporal mission när alla tidsepoker flätas samman till en
själ, så som vi är, i flera lager av erfarenheter, som årsringarna
runt trädets innersta kärna.

Om filosofer som *Maria Zambranos* har studerat *Proust* blir
ovidkommande, även om ideerna dem emellan tycks finna
samhörighet.

Med sin berättarteknik, innehållet, blir det levande verkligt
när han leder läsaren igenom porträtten, liksom fotografens
säkra hantverk är förklarande tydligt. Så gör en god ledare,
får smidigt ut sina klara budskap tack vare ärligt naturtrogna
fint detaljerade beskrivningar om miljöer. Det är orientering
innan order kan verkställas,. För vad blir det annars?

Det här är utveckling, mer än de gamla grekerna får erkänt
eller tillhör. Allt har sin plats, sin tid i historien. Verkligheten
överträffar fantasin, när det är sin egen OH, överhuvudtaget
med direktkontakt i sin funktion, whatsoever, overhead.

14

Recept

Detaljerna, de skira volangerna i fönstret, plisségardinerna, flyger "en volante" framför en duettegardin. På den tiden, innan, kallade Volvo modell P444 också för duett när kupén utökades med ett extra användbart bagageutrymme med dubbeldörrar.

Att jämföra bilar med tyg får sin naturliga, enkla förklaring i industrialismen, efter *Spinning Jenny, "the spinning engine"* uppfunnen, nyspunnet av *James Hargreaves, (1720-1778)* år 1764. Hans verk ökade kapaciteten från åtta till 100 trådar i spinnmaskinerna. Arbetskraften, sömmerskorna avancerade, gick till anfall mot det nya redskapet och upphovsmannen, av rädsla att bli av med sitt levebröd. Om han fick behålla sina öron efter attacken står inte i historieböckerna. Vad gjorde det när effektiviteten bidrog till andra arbeten? Spinnmaskinen uppgraderades genom en annan innovatör, *Samuel Crompton (1753-1827)* efter ett tiotal år, 1774?

Det ena ger det andra, bevisligen.

Tillgång och efterfrågan styr marknaden. Produktionen har samma behov av sunt ledarskap, recept och naturliga råvaror för att vi, realkapitalet människor, ska kunna vara mänskliga, med fortsättningen.

Skaparlusten, nyfikenheten och kreativitet ger innovationer som leder vidare.

VR, Virtual Reality, har ingen faktisk upphovsman. Tvärtom, som namnet antyder, är ursprunget från fantasin, spelindustri med dess skapare som är många, från alla världsdelar. I takt med dagens utveckling, marknader, ekonomi, närhet, ökar all information, allt utbyte med nätverkande datorproffs, som utan anställning har rätt inställning.

Med några tillräckligt intresserade investorer når också *VR* sina goda syften inom sjukvård och hälsa, upplevelsecenter och utbildning samt leder definitivt till bättre förutsättningar att förstå vår tillvaro och värdet av all vår natur.

Miljö = Liv !

Vatten = färskvara !

VR = kultur !

Visst är det kultur. Ett ledande redskap att uppskatta allt vi har omkring oss. Hela världen, den fantastiska verkligheten, vår kreativa skapelse som finns här och nu blir mer än reell i ett ögonblick. Allting blir nära. Vi får till och med tillgång till allt det abstrakta som vi bär på, som sömn, tankar, känslor i och med tillämpningen *VR*. Det blir kultur, enkelt att anpassa för närhet. Dator-/cyberkultur ger mer, gör avtryck, förtjänar spridning.

Om vi hänger med utvecklingen blir *VR* vårt redskap, som vi äger. Släpper vi taget för lätt förlorar det sitt värde, efter att människan tappat bort sig själv i informationsflödet, som blir totalt obegripligt och ohanterligt. Därför behöver vi ledarskap och vägledning, när vi förtjänar det bästa av det mesta, allt.

Riskerna är att vi förleds, tappar riktningen, bort från vårt vackra original, naturens under. En riktig blunder...

Google-glasögon som du kan se både framåt, bakåt eller åt sidorna med kan visserligen bli våra nya ögon, som *Proust* har förmedlat klokt, men det räcker inte till riktigt om vi ger upp vår nyfikenhet att få se mer av det vackra livet inom. Det är en virtuell, konstgjord, scenisk tillvaro via datorerna som vi styr själva tills vi släpper taget om dessa dynamiska produkter. Människans kapacitet, som tillverkar det här, är ändå fortfarande än mer förunderlig att förstå, vidlyftig. Kan vi begripa vår egen situation bättre? *VR?*

Med sunt ledarskap blir det hälsosamt. *VR.*

Naturens värden är tillgångar, råvaror som vi alla har glädje av, så länge vi är som vi är.

Att *VR* efterliknar verkligheten så träffande är naturligt tack vare kärleken till vår skapelse. Den ligger bakom allting, den, kärleken. Det är skaparens, oavsett bakgrund, inspiration och glädje som bidrar till resultatet, som ledarskapet.

Det kan ha varit programmeringsspråket *Cobol* lanserat av *IBM,* efter idé av marinofficer *Grace Hopper (1906-1992).* Cobol har idag begränsad användning som företagsprocessorspråk, inom affärsvärlden, och är oöverskådligt för programmering som språk, inte bara p g a hålkorten. Föregångarna har bättre framgång. *Sensorama,* under 1950-talet var början till VR, hade flera intresserade nyskapande innovatörer. Snabba budskap igenom programvaran underlättades då av:

Assembler, sifferkoder, redan innan *1950-talet, John Mauchly (1907-1980)* som tillsammans med *J Presper Eckert (1919-1995)* arrangerat *ENIAC.* Deras insatser är grund för utbildningarna *Moore School Lectures, University of Pennsylvania.*

Därigenom kom utvecklingen att skapa sin egen helhet som fortsatt är på god väg, ger upphov till fler delsammanhang. *Ada Lovelace (1815-1852) f. Byron,* författande analytiker samt matematiker med en algoritm, en räknemodell för de första räknemaskinerna. Arvet, titeln *"Countess"* saknar egentlig innebörd i hennes insats för *Charles Babbage* som konstruerade en analytisk maskin. *Babbage (1791-1871)* delade sina intressen för problemlösning med astronomer, navigatörer, fysiker t o m *Blaise Pascal (1623-1662)* resp *Sir Isaac Newton (1643 – 1727)* vars födelsedag varierar ett par veckor.

Tider sägs vara relativa så det har bara betydelse för den datumfixerade i just det här sammanhanget.

Ett annat begrepp, *"The Big Bang",* kom från början till stora allmänheten genom astronomen *Fred Hoyle* år 1949 under en radiointervju, liksom *"steady state".* Hur dialogen i tidigare århundrade, mellan *Countess Lovelace* och *Charles Babbage* kan ha utvecklats, om*"The Big Bang",* är öppet för diskussion.

Alla data får betydelse, för allt hänger ihop. *Steve Jobs* ger av sig själv till *Apple Inc.* Det behövdes, allt det arbetet, möjliggör en större tillgänglighet i alla kulturer särskilt vad gäller *VR.*

Föregångarna, språkens betydelse, kommunikationskanaler inkluderar behovet av vetenskap och utveckling så nära det mänskliga vi kan nå. Frågan är nu hur vi bör gå vidare, för att få behålla allt det vackra som vi bär på, inom, allt det sköra, som likt volangerna i fönstret får fläkta i vindpustar från alla fjärilarnas, änglarnas, vingslag på andra sidan.

Allt har värde när vi fattar mer av vår underbara tillvaro, sammanhanget.

Därför ska vi fortsätta arbetet, under god ledning, utan att förlora oss själva i detaljerna. De stora systemen beskyddar i viss utsträckning, samtidigt som vi är så nakna inför hela vår skapelses alla skikt, lagren inom oss, årsringarna runt träden, alla djuren, naturens under utan blunder. Det gör inget om ringarna lägger sig runt magen en stund, om du trivs under tiden. En bok med enbart fakta kan bli stel och tråkig, härdad, som härdfett. Livet är så mycket mer, så påtagligt gott.

Ett äkta recept innehåller naturliga råvaror, kryddor men tillagningen görs bäst av kärlek, inget annat (med lite smör, äkta naturligt, bondskt, som det får uttryckas fritt här...)

Utvikning:

I en by i Jämtland, *Bjärme* utanför *Fåker*, har vi en fritt härlig naturskön episk utsikt, en historisk tillvaro. Ett porträtt av vad som skulle kunna vara skådespelarna i *"Bregott-reklam"*. I södra Sverige finns det också, pålägget, kallat *"Skånegott"*. De båda är rena naturprodukter av kärnat smör från ren komjölk som utspätt med 15-20 % rapsolja från naturligt vild raps blir matfett. Att den innehåller *erukasyra* < 2%, *rapsoljan*, har viss betydelse, som allting annat, när det lagras in i hjärtmuskeln bit för bit, lite i taget. Livet ger mer, kan läka. Vi är naturliga, bör äta naturligt, få i oss vad naturen har i bästa möjliga mål, mer än allt konstgjort.

Vad har mat med ledarskap att göra?
Vad har datorer med ledarskap att göra?
Vad har naturen med ledarskap att göra?
Vad har Du med allt att göra, om inte utveckling av ledare?

Alla goda mål ger näring, har innehåll, med god smak, gott ledarskap, kockens känsla, av ingredienser som alla ger mer än det står på förpackningen. Det gäller i alla riktningar. Så när barnen frågar sin mamma, eller pappa, kan en enkel VR i ett par Google-glasögon utbilda, ge föräldrarnas trötta öron en chans till återhämtning under den fortsatta färden till nya spännande mål. *Proust* förklarade så klart, att det är med nya ögon vi förstår mer än själva erfarenheterna i minnet.

Om det fina livet kan vi läsa överallt. Miljöerna är olika, så olika. Ändå finns det där, inom, livet.

Recepten på sunt ledarskap finner vi på vägen mot målet, i ingredienser som kärlek, omtanke, hänsyn, återkoppling och raka besked. Att vara klar på sin sak kan kräva mer kunskap, inhämtande av kunskap eftersom vi inte alltid bör svara eller uttrycka sådant som är oklart när det kan skada mer än det gör nytta för dagen.

Militärt ledarskap, för handling, utgår från krigssituationer med mål att överleva i fred. Där är det bättre att fatta beslut och leda truppen, familjen framåt, än att vänta och se under kulregnet hur många som överlever kriget.

Sjukvårdens ledarskap är obefintligt, och de strimmor som andas hopp, struktur, sundhet finns i gamla tiders kliniska erfarenheter, vetenskap och empiri (= beprövat). med resultat.

Modern teknik förtjänar samma varsamhet i handhavandet som ett skarpladdat vapen. Trygghet är inte alltid tillgången, när det lurar faror runt hörnet. En viss beredskap, som kallas nutidsorientering underlättar framförhållningen.

Klokskap är vad som talar. Sjukvård vinner på att överväga alternativen. Komplementär sjukvård kan det kallas. Det är oklokt att leda sjukvårdsorganisation med ekonomi istället för det faktiska behovet. Känsligt blir det. *Henry Ford* kom före LEAN och *Toyota*. Han insåg att när vi arbetar *"for the good cause"* kommer framgången av sig själv. Vår skapelse är outforskad, vår sant genuina potential.

Liv gagnar syfte.

Humor bidrar till liv.

Mer än den goda näringen, som vi lever av, mer än alla våra nervimpulser, tankar och motion, gör humor nytta.

Eftersom skrattet orsakar en lätt pulsökning, förbättrar syre-upptaget i våra celler, aktiverar immunförsvaret, får vi nyttan av de positiva signalerna. Belöningscentrum får en liten kick, "arousal" av mer dopamin, en neurotransmittor som betyder belöning för lustcentrum i hjärnan m m.

I modern skrattforskning, som är seriös, undersöker vi idag skrattet, humorn och dess effekter på läkningen av sjukdomar eller lindring av smärtor. Välgörande underhållning.!

Humor, konst, är visat god läkedom med minst lika positiva effekter som KBT vid de tillstånd som behandlas lika mycket.

Ett antal artiklar i läkartidningen får representera ett litet urval, alltifrån *Francois Rabelais (1494-1553):*
"Så roligt att du hittade hit idag, du var här igår också."

Läkartidningen 2019;116 FEFY
Läkartidningen 2015:112 C9LZ   "I fablernas värld"
Läkartidningen 2013:110 CMH3 "Barna Hedenhös äter farligt"

15

Återhämtning, banbrytande utveckling....

De allra flesta har nog funderat någon gång på hur tanken fungerar. Vi har synapser, nervkontakter som kommunicerar med varandra. De tillåter cellerna att utbyta information, ge impulser, ta emot signaler via ledningarna, som heter axoner, de vita trådarna, nervbanorna hos varje nervcell. Molekylerna som låser upp cellfabriken kallas för neurotransmittorer. Små strömmar av salt hoppar mellan Ranviers noder, skarvarna i isoleringen som vi bygger säkert med kobalamin, vitaminB12, som här har en funktion. När livet blir till gör kunskapen från någonstans att folsyra, vitamin B9, det tar vi in extra eftersom det är viktigt för nervisoleringen i hela ryggmärgskanalen vid själva grundbygget de första nio månaderna.

Alltså har kosten betydelse, näringen för ledande funktion.

Vitaminerna B9 resp B12 finns i spannmål, baljväxter, ägg , avocado och i inälvsmat som lever. B12, *"bingodussin"* citeras en man i bruksorten Östervåla Norduppland, finns dessutom i somlig fisk, skaldjur, kött och mjölkprodukter.

Näringens betydelse, för helheten, säger sig självt, än så länge...

Inom neurovetenskapen finns redan attraktiv forskning om tankar, smärtminne, vårt omedvetna. Till och med resonerar man idag om vetenskapliga lösningar för evigt liv. Förstå?!

Liksom allt skall vi ifrågasätta litet, minns MBL-andet. Även *Jeanne Calment (1875-1997)* fann iden med längre liv med sina ord:
"Je n'ai jamais eu qu'une seule ride et je suis assise dessus"

Fritt översatt från hennes modersmål i *Arles*, blir det enklare att hennes enda rynka sitter hon på. För någon med sämre språkkunskaper i franska kunde det annars bli ännu enklare:
"Jag har en rynkig ända"

Att konstaterande erkänna åldern 122 år hos någon i nutid levande kommer enligt forskare att bli rena barnleken när vi närmar oss 150 år livstid för de längst levande människorna idag. Tideräkning eller evigt liv förbryllar fakta ändå, ända in i evigheten, med eller utan rynka.

Allt det positiva gör åldrandet vackert. Var finns balansen när forskare påstår att enbart människor har skratt? Husdjur är lekfulla. Både katt- och hundägare, de vanligaste, har lekt bekräftande med sina vänner. Leklynne lyser i ögonen i varje litet lurvigt ansikte, i plirande blinkningar till sin fodervärd när leken får vila en stund.

Ingen kan se lika ledsen ut som en hund, eller sörja troget lika mycket. Varje katt ser in i djupet av dig. En riktig känsla har de, och därmed bör vi inte låta oss förledas av typiska forskarpåståenden, även om vi fortfarande lär oss om allt.

Att leda innebär att lyssna.

Att lyssna innebär att leva, leva upp, tillåta oss att ha det bra på alla vis. Om rynkan sitter på tvären, eller du sitter på den får bara betydelse för om den skaver eller inte.

Age before beauty – evigt liv?

Spännande forskning:
Tack vare de enskilda insatserna finns det utveckling. Om alla skulle följa leden, sitta fast i mönster, rutiner, riktlinjer eller redskap skulle människan förtvina. Istället har vi en oändlig utvecklingspotential som är på god väg.

Sömnforskningen har nått så långt att vi nu får en formel för hur tanken, medvetandet fungerar genom sömnen.

Prof Giulio Tononi arbetar sedan tjugo år med förklaringar på hur vår hjärna, synapserna, nervkopplingarna aktivt övar upp sin spänst genom sin plasticitet, formbarhet. Det gör att sömnen behövs för återhämtning efter hjärnarbetet. I vila vill vi återhämta och återkoppla för nästa dags funktioner som leder arbetet vidare.

Då förstår vi att kosten har betydelse, enkla renodlade mål återställer effektivt. Vitaminerna används, neurotransmittorer bygger vi inom. Det anatomiska organet, hjärnan omvandlar signaler till imaginära bilder, skapar abstrakt konst hela tiden. Du drömmer.

Med formeln, tekniken, för återhämtning kommer vi ännu närmare frågan om livets oändlighet, återhämtning. Vi kan då återskapa, återanvända förbrukade, bilda nya välfungerande enheter, celler. Det håller nog ett antal erfarna grannar med om med sina många slitna grå, senare kanske lätträknade hår.

Tänk, ett evigt liv, bara genom att att äta rätt, naturligt rent och enkelt. Drick vatten! Ät glutenfritt, underlätta tarmens arbete, få snabbare energi. Det blir logiskt lätt att begripa.

Ännu mer upplysande är arbetet om sömn och medvetande för neuropsykiatriska funktionsnedsättningar, när vi kan använda modellen om sömn, återhämtning för att stärka våra signaler i styrcentralen, hjärnan, som reglerar allt, blodtryck, harmoni, belöning etc.

CBD; cannabinoider har visat lugnande effekter på stressiga hjärnor och dämpar överslag, balanserar det obalanserade.

Teoretiskt händer det därför inget, mer än någon fnissattack hos en redan välfungerande social individ, i små mängder.

Då är det ännu mer skonsamt och harmlöst att känna hur en lekfull medmänniska, som du kanske kallar son eller dotter, syskon, syskonbarn eller något liknande, får leva ut sin fina livgivande spontanitet under ditt ledande ansvarstagande, övervakande de riskmoment som vi andra människor har lyckats bidra med i en annars oändligt vacker skapelse.

Ledande...

Sprittiga ben, språngmarsch, utmaningar, prövningar att få utvecklas i samförstånd. Respekt är mer än ett vackert uttryck om gränssättning. När barnen inte får sin sanna kontinuitet i trovärdiga, sunda miljöer fria från övergrepp av alla de slag, blir det totalt myteri inom, som ofrivillig roulette, något värre än flipperspel. Rastlöshet, sprittiga ben, får finnas av naturen, men kan ha sin orsak i uppväxt, brister i omsorg, omtanke eller hänsyn. Lyhördhet är något barn har, utan att de säger det direkt eller, några kanske gör det när de är tillräckligt närvarande i vad som sker. Dissociationer, undanflykter, ett snabbt sorti med konstgjorda eller naturliga substrat, medel som t ex CBD vilket kan leda in i tyngre bruk som blir kvar i den fettlösliga hjärnvävnaden komplicerar återkopplingen.

Här finns riskmoment ett, när naturlig fantasi får fnatt, idén om verklighet spelar spratt, ett slags spontan *VR* i den absolut mest högpresterande datalagrande mjukvaran i världen, som dessutom är plastiskt formbar till skillnad från *AI, Sensorama, Apple, IBM, Waymo m fl.* Barnet blir *"robocop"* i vuxenlivet, tar roller, agerar *VR* när andra försöker arbeta för någon verklig tillvaro, skotta fram bilen ur vinterkylan för att kunna ta sig vidare till arbetet, till lönen för att mätta sina barn, få fritiden att hänga ihop med semesterkänslan, inte bara ledigheten.

Därför kan CBD, som dämpar rastlösa ben, dämpar sprittig hjärnaktivitet ha en del olyckliga effekter. Dopamin belönar genom att kompensera brist. Vi lär oss, lever, leder vidare...

Människan är bara en liten del av universum, fastän vi inte riktigt nått fram till målet. Det är större än vi anar, vill förstå.

Allt som rör sig inom är lika stort, när vi blir alldeles utom oss. Tanken blir verklig, ett konkret exempel: skapa drömmar, drömmer sig bort till en annan värld. Varför?

Alla de normer vi har grundar sig i vanor, värderingar och tolkningar. Bilder, påståenden och forskning leder oss framåt, från då till nu, från paleokost till ketokost. Paleokosten blir omdebatterad med mängden rött kött som sägs öka mängden åderförkalkningar, försämrar hjärnans återhämtning. Att äta värdigt rätt får konsekvenserna värdig hälsa. Kosten är direkt kopplad till vår funktion, näringsämnen har effekter som vi ständigt och upprepat tar in, näring. Sömnen påverkas direkt även den, lever om, drömmarna från vår fysiska skapelse.

I välformulerade studier finns ambitionerna att ge mer liv.

Effekterna är tydligt beskrivet hos forskarlagen särskilt vid *Wisconsin Institute for Sleep and Consciousness, Madison, Wi.*

16

Anpassning, störningar.

Vän av ordning uppfattar genast avvikelser. Ett ledarskap utan ordning missar detaljer som kan ha effekt på både själv, medarbetare, miljö och produktion.

Det enkla: Ta beslut direkt, ordna upp detaljerna direkt, avdela personal direkt, följ upp. Jag tar befälet.

Det svåra: Blunda för verkligheten, undvik att leda, göm dig under en filt, förbered tummen för mildare rengörings-procedur, ömsint vårdande egot.

Alltså. Det som verkar svårt är ofta svårare att undvika än ordna upp. Frågan blir då hur vi gör? *Shakespeare* resonerade på temat, flera gånger.

Handledning.

En vis ledare inser värdet av handledning. Det betyder inte att det behöver ske på imperativ (uppmaningar) från någon annan överhet, myndighet eller styrelse.

När medarbetare inte tål tillsägelser, förutsättningslöst när de används på det medmänskliga viset, krävs extra ledande funktion. Ibland besitter även en chef sådana egenskaper men inte alltid. Ledaren ger information, uppmuntrande och inkännande efter bästa förmåga. Därför har vi olika förmåga.

Självklart?

Bra!

"Känner ni era medarbetare?" uttryckte hon, *"Mother House"*, inomhus, inombords. Då får du svaret, direkt.

Alla som arbetat med hästar eller känner någon som arbetar med hästar kan snabbt lära sig att rak tydlig kommunikation är sanna vägens filosofi i handhavandet, skötseln av flyktdjur.

Kunniga yrkesmänniskor inom hästsport m m förmedlar undantagslöst att hästar inte är proaktiva, ser inte framåt. De lever här och nu. Det får vi gissa oss till eftersom det kräver lite extra språktalang, inkännande, att tolkande förstå hur en häst tänker,.Vad säger den, hästen?

Beundransvärt tydliga, raka med direkt hantering präglar de hästvana, som nog gärna tar med sig sin personlighet, den identitet som formats av sporten, intresset, livsstilen omkring hästarna i hagen, stallet, från arenan till manegen.

Tydlighet uppstår naturligt i sådana situationer där kraven eller förväntningarna inte kan missförstås. I ett MBL-klimat blir turerna osäkra, ramarna faller isär när ingredienserna rör runt i något liknande "pytt-i-panna"/"stove-top"/ skrapet på ytan, resterna från igår...

De utgör en särskilt lämplig grupp individer att ta hand om de mest utsatta, de som inte kan ta sig fram riktigt själva i vår miljö, vårt samhälle. Djungelns lag eller survival of the fittest?

Fit, betyder nästan som *LEAN,* med innebörd anpassningsbar i just det här sammanhanget om ledarskap.

Anpassningsbar !

Alla neuropsykiatriska tillstånd, s k autismspektrum, med ett flertal namngivna diagnoser, namn på tillstånd, är inte riktigt samma som sjukdom enligt definition. De vanligast förekommande idag är högfungerande med visst stödbehov.

När tankarna blir flipperkulan i ett flipperspel, studsande hit och dit, upp och ner, fram och tillbaka är koncentrationen huvudarbetet, att iordningställa. Det gör snabbt avtryck på omgivningen. I det tillståndet lever individen sitt eget liv på ett så enkelriktat sätt att identitet inte kan formas riktigt som det är tänkt. Vad är vitsen i att stämpla någon, sätta etikett på någon med ett tillstånd som kräver anpassning i samverkan direkt, med omgivningen, arbetsmiljön?

Arbetsmiljön?

Det blir för ofta själva byggnationen, när det säkert handlar om medarbetarnas oförmåga att läsa just de tankar som alla andra har. Så övernaturligt begåvade är inte alla. Däremot har vi en otrolig förmåga att känna, känna in, som vi effektivt förskjuter, eliminerar från vår artrikedom när vi inte tillåter oss att utveckla våra inre sinnen, rikedomen inom.

Ledarskapets ordning medför att var och en kan utvecklas till att bli, forma sitt bättre jag. Därför är en god ledare också en avstressande faktor. Egenheterna, de strikt personliga, som inte smälter in kan bero på en totalt omöjlig, dysfunktionell organisation utan någon klok ledare, i en ovis, oviss ordning.

Oordning. Någon allittererade på ord. Ett arbetsställe som nyss friställts från staten har sin egen s k ordning, som är dess riktlinjer, dess instrument, ett arbetsredskap.

Språkvett säger att kyrkooordning är ohållbart, eftersom de mjuka värden, den andliga övergripande resultanten uppstår på nytt när alla inser att inte gripa efter den som vore den ett eget, deras egen ägodel enbart. Kärleken är motsats till EGO, men kärleken älskar Jag. Du är ju ett Jag. Enkelt. Hanterbart?

I en miljö där så många skall vilja göra gott är samtidigt så fyllt av konflikter att hälften vore nog, bokstavligt talat. Det har för stora brister i ledarskap, för få vill leda, kan leda, och när det möter egna tillkortakommanden, som på alla andra arbetsplatser, finner det ingen väg ut, fastän det har den med sig i varje steg, inom. Ett enkelt erkännande, resan från hjärta till hjärna, förlorar greppet när vi inte ser upp, stannar upp.

Axel Munthe,(1857-1949), livmedicus för sin hängivna, vår tidigare *drottning Victoria (1862-1930)* som livgivande för vår statschefs farfar, får citeras:
"What You try to keep for yourself You lose, what You give away You keep forever."
Hans kall, läkargärningarna, hälsomiljön *St Michele* på ön *Capri*, uppfördes för läkedom med helande. Kliniskt verksam i alla led beskrivs hur han gjorde gott för sin närmiljö. Särskilt märkbart blir det genom hans uttalande:
"The wild cruel beast is not behind the bars, he is in front of it"

Anpassning idag handlar mer om skolan, anmälningar, LSS, rastlöshet än om individens utvecklingsmöjlighet. Ingen rast ingen ro. Upp till ekan på tjärnen igen, miljöombyte ett tag, semester, sedan åter i selen, på hästrygg eller ej.

De små barnen, som inte sover, har nytta av de uppiggande preparat, amfetaminliknande medel, som behandlar rastlösa idéer. Effekten av det uppiggande medlet amfetamin sänker behovet för barnen att springa igång systemet som de gör när tankarna, flipperkulan, lever om extra mycket vid läggdags.

Då blir det nödvändigt att tillföra ett medel, ersätta bristen, så att de istället får komma till ro. Små medel, små mängder.

Hos någon som har lagom mängd neurotransmittorer, rätt hormoner fysiologiskt, innebär istället tillförseln av preparat som amfetamin ett överskott och orsakar snedbelastningar, obalans som skadar mer än det tillför.

Naturen inger respekt. De flesta potenta läkemedel, för att inte säga alla vettiga, kommer ur naturen när vi äntligen lärt oss utvinna det bästa ur det mesta för att alla varelser skall kunna förbli levande utan skada för sig själv eller annan.

Andemeningen, utanför kyrkliga samfund/sekterismen, är naturligt att möjliggöra helande, att leva mer än överleva.

Albert Hofmann (1906-2008), från *Baden, Schweiz*, sökte vägen till helande genom

Hjärtglykosider, mot hjärtsvikt, ur sjölök, är något som andra av tidigare forskargärning upptäckt i tolvfingerblomman.

Ergotamin, utvunnet ur mjöldryga, svampspor på vildgräs, alla de sorters vildgräs, lindrar migrän. Tänk så när du ser någon bita i gräset, att de kanske har migrän...

Lysergylsyra heter experiment nr 25 från mjöldrygan, också kallat ergometrin. Ambitionen att framställa läkemedel mot epilepsi, "fallandesjuka", krampsjukdom, drev forskningen till efter försök nr 25, med variation av de olika kolväten som utgör bas och med slutsatsen:

"Förra fredagen, 16 april 1943, var jag tvungen att avbryta mitt arbete i laboratoriet mitt på eftermiddagen och gå hem, eftersom jag upplevde en påtaglig rastlöshet kombinerad med viss yrsel. Väl hemma låg jag ned, och sjönk ned i ett inte så obehagligt tillstånd, karaktäriserat av extremt livlig fantasi. I ett drömlikt tillstånd, med ögonen stängda (jag upplevde dagsljuset som obehagligt bländande), upplevde jag ett oändligt flöde av fantastiska bilder, extraordinära former med intensiva, kalejdoskopiska färgmönster. Efter cirka två timmar började effekterna avta."

Allt arbete ger resultat. Olyckor uppstår, har förklaringar, brist i organisationen länkat någonstans från arbetarna till ledare. Dåtidens härskartekniker där cheferna håller sig ifrån verkstaden skiljer sig från mängden där ledaren rör sig bland flocken, med allt och alla.

Någon arbetsplats behandlar sina anställda som kreatur. Ett boskap, instämplade, utstämplade allt för någon ordning, i ett kontrollsystem. Yrket Controller får värderas för sig. I alla de friska miljöerna är arbetsledaren med då och då, deltagande i det svåra hårt prövande arbetet mitt i produktionen tills de allra flesta inser, nog snart kan acceptera att ledarens plats är bättre vid sidan, för överblicken, orienteringen att kartlägga flöden, navigera skeppet mellan stjärnor och svarta hål för att säkra produktionen. Arbetaren har barn att mätta, en bil att serva och en längtan efter semester. När hjärnan tar semester händer annat. Livet tar ingen semester när det lever med dig, genom dig.

Ja, ett boskap, ett samarbete, en gemenskap. Arbetet upptar nästan mer av din hjärna än din övriga tid som rent logiskt borde vara mer än hälften av din tillvaro. Ändå framstår vi som fastvuxna i jobbuppgifter, skyller på chefer som styrelser har ögonen på, kritiserar arbetsmiljön som skyddsingenjörer misstolkar när de får uppdraget att mäta lokaler mer än det faktiskt gällande hos personal om samhörighet, gemenskap och frihet.

Visst, en boskap, som korna, idisslar, biter i gräs med eller utan migrän eller som får.

Anpassningsbar?

"And Now for Something Completely Different:"

Deal with it!
Empty cans sound otherwise;
When it comes to power, any noice
will give a choice, whether true or false.

Ängelholm 5 februari
Mikael Nehrer

17

Det blev knäpptyst i rättssalen när rådmannen hade slagit i bordet, högröd i ansiktet, bestört över oordningen i salen när hon helt enkelt deklarerat domen. Gapskratten hos auditoriet, fnissandet från åhörarna visste inga gränser när handlingarna offentliggjordes.

Ända sedan 1200-talets latin "causa" har uttrycket "for the good cause","för den goda saken" använts fritt. Rätt eller fel blir en bedömningssak. Men, eftersom domstolen inte kan ha fel är beslutet rätt i alla fall även om det är fel i Rätt.

Vad var det som var så roligt då, i stunden, när hon läst upp en schavotterande dom om oredlighet och vilseledande mot en äldre gentleman som påstod att någon kapat hans telefon i otalet bedrägerier mot andra pensionerade ämbetsmän? Han visste vad han hette, var han bodde, men inte varför. Han visste att han fått sin nya telefon av utsedd förvaltare som ideligen uppmanas lugna honom gällande hans livränta som regelbundet betalas ut, varje månad, efter nödvändiga avdrag till service av kommunens tjänster vid vårdboendet/härbärget där han nu bor i och för sig efter att ha tvångsförlyttats från sitt hem i välstädad ordning, lägenheten med högt i tak, egen toilett med vanlig låsbar dörr, utan skjutdörrar som för boskapen. Det var ett värre straff än domen i sig, sade han.

Domen föll emot honom, för han erkände att han använt sin telefon, under det att han självklart bekände att någon annan måste ha kommit åt innehållet på något sätt för att använda den till orimliga göromål. Det hjäpte inte att kärandesidan, allmänhetens åklagare som efter 30-talet anmälningar om bedrägeri, inte kunnat visa att just denne man hade använt telefonen vid dessa tillfällen. Han sade ju själv att han sov med den under kudden varje natt. Skådespel.

Hur han skulle kunna vilseleda ett antal ämbetsmän, rimligt erfarna av många år inom myndighetsutövning, att betala in pengar på hans konto är en tokig ide redan där. Att hans oro över sin erkända livränta, som fungerat utmärkt månadsvis sedan mer än tjugo år, beror på ett sämre närminne togs inte upp till hans försvar. Rätten tog in mannens erkännande i och med de sakfakta som presenterats elegant av kärandesidan. Därmed var saken klar. Nästa mål.

Dialogen gick något så här:

Rådman: *"Är det din telefon?"*
Tilltalad: *"Ja, det är min telefon!"*
R   *"Har du ringt de här samtalen?"*
T   *"Ja,.. minns inte..."*
R   *"Känner du någon av NN1, NN2 ... NN32 ?"*
T   *"Ja... minns inte..., fråga den gode mannen..."*
R   *"Vi tar paus."*

Den gode mannen var egentligen en förvaltare som avstod från sin möjlighet, kallet att närvara. Därför bedömdes målet skäligt fortsätta trots allt. Domstolen måste avkunna en dom, annars blir det fel. Konsekvenserna, straffet, kan förbises då det troligen handlar om vård i en redan ordnad tvångsvård.

De livgivande skratten uppstod efter paus, när svaranden,

den tilltalade tandlöst orakade mannen med en ordnad inre profil i övrigt, hade bett att få ringa ett samtal till sin så kallade förvaltare, för att få fråga hur han skulle svara...

I ledande funktion har rättsapparaten sin uppgift, klar och tydlig, fria eller fälla, bevis eller ej. Att leda är att lära, som av *Shakespeare*, i köpmannen i Venedig formulerats så här:

"If to do were as easy as to know what were good to do, chapels had been churches, and poor men's cottages princes' palaces. It is a good divine that follows his own instructions. I can easier teach twenty what were good to be done, than be one of the twenty to follow mine own teaching."

Så uppenbar är ledaren, ordförande i rätten, och håller t o m ett tillhygge, en domarklubba i näven vid behovet att försvara sina vackert inlyssnande öron samt påkalla uppmärksamhet, "klubba igenom" beslut etc. En auktoritär insats, neutral i situationen utan fredspipa. Att skipa rättvisa är en uppgift. Rätt eller fel är målet. Immunitet.

Skipa; Ordet kommer av skilja/klyva i roten, skeppa/frakta och équipe/utrusta. Det blir användbart för lag och ordning.

Så, för att hantera ordningen bör Du antingen vara riktigt dement så det känns fullständigt egalt hur utfallet blir, eller så bör Du vara tillräckligt förankrad i verkligheten för att inse hur ett beslut kan ange riktningen på fortsättningen av din tillvaro, upptäcktsresan, upplysningen.

Dementia? Det betyder avprogrammering, "avmentalisera".

Sällan har historia så skickligt kompletterats som när någon med mild demens färgglatt fyller i konstverket, dikten, med de egna beskrivningarna som till en början låter trovärdiga.

Det kan urskiljas senare, efter kritisk källgranskning hur det egentligen var. Det svåra är att naturligt kunna skrodera 100% story. Det är nog lika svårt att vara 100% sanningsenlig, inlevelsefullt även när det rimligen underlättar allt.

Ordningsmakten har sitt ledarskap, och kan förledas av osanna vittnesuppgifter. Då är det uppenbart dolda agendor, med innehåll som inte står nedtecknade. Det är enbart målet att få någon fälld, dömd, för att kunna sprida ryktet vidare, det osanna, osunda. Ledarskap med klarsynthet, känsla och tillräcklig insikt i rättssystemet kan upplysa närvarande att det är lika straffbart att ange någon för osanning. Ändå blir det minsta motståndets lag, lynchmob ställer upp sig, söker spänning. Ledare mot ledare blir krig. Därför har vi större behov än någonsin att ge Soft Power chansen, men inte helt.

Det finns vinster i att behålla en del av den raka okonstlade ordergivningen som fungerar både i idrott, kultur och militär.

Det kunde användas mer inom sjukvården, mer än när det är akuta behov, för otydlighet ökar osäkerheten som redan är tillräckligt talande.

Alla våra myndigheter möter samma problemställning, hur vi hanterar konflikter och när det som borde blivit rätt sedan faktiskt blir fel. Kapitlets inledning är ren fantasi, kan hända.

Det är mer än högsta, största inflytande som avgör det bästa resultatet. Du är med i sammanhanget så länge du tar del av saken och bidrar med dina åsikter. Åhörarna är också med på det hela, med sina reaktioner, interaktioner och förstärker där eventuella känslor hos de som har huvudrollerna.

Det kräver insikt hos var och en att förstå det.

18

Reportaget om sångerskan är vackert. Ett starkt sjungande bildspråk med matchande text leder läsaren till ett: "Aha!" Alla de behandlingar hon fått fungerade visserligen på den snabba flipperkulan, tankarna i turbotakt, inspiration, glöden i ett sprakande inferno, genom purgatorio till paradiset när scenen intogs magiskt varje gång.

Infernot släcktes ned av medicinen, några av de syntetiska amfetaminpreparaten, och det sceniska ljuset dämpades en hel del. Uttrycken falnade under behandling efter en ganska kort tid. Att känna sig pigg och bättre i själen, mer balanserad men med de konsekvenserna att hantverket blivit lidande förlorade en bit av charmen. Arbetet märktes inte på samma sätt, blev tystare, oformat, fick sämre inre ledning.

När hantverket förändras, av konformism som neutraliserar allt, då tappar tillvaron spänst, t o m stenarna slutar inspirera.

När de poleras, kantstöts eller anrikas har de fortfarande sin lyster, mineralerna, oslipade. Hanteringen sätter spår.

Konformism, ett vackert ord, som likriktar allt. Klokskapen från en äldre handledare förmedlades när han undervisade yngre formbara läkarkollegor att utbildning, handledningen, syftar till att göra var och en till något de är ämnade att bli, istället för likformigt polerade stenar på stranden.

Handledaren nämnde aldrig grå sten i det sammanhanget.

På liknande vis uttrycker hon det, skulptösen, sångerskan, *Måd Demår (1969-)*, så här:

"Utan känslan blir det bara grus av allt".

Alla stenarna verkar ha sin egen energi, får eget liv genom artspecifika typiska drag, ursprung, precis som vi människor. Vi kan färdas omkring, känsligt levande eller grå stendöda små ting. *Pablo Picasso (1881-1973)* såg det, skapelsen i stenen. Arbetets energi kan av läkemedel gestaltas totalt stendött. Skulptörer kan mer än att hugga i sten, kan skapa med sina händer, förverkliga sina drömmar. Vem som leder konstnärssjälen är uppenbart, Du. Det blir Du själv. Ingen sann artist eller sann konstnär kan ärligt låta sig ledas av någon annan, helt, inte ens vid svårt utsatta situationer.

Vad vi behöver lära oss riktigt är mer om vad vi tar in, hur något så trivialt, grundläggande nära som kolhydratfattig kost effektivt kan dämpa hyperaktivitet, energiöverskott och svårtyglad inspiration. De förtjänar harmoni, våra ambitioner. Någon beskriver kontrasten:

"Nej, inte möblera om igen!"

Ett möblerande, i rummet, upprepat, visad handlingskraft, men behövdes det? God näring ger god hälsa, såklart!

Möblera om? Det är så det beskrivs för många, särskilt inom företagshälsovården, före eller efter LEAN, när arbetsledare ändrar rutiner, skapar bättre processteknik med nya scheman, rycker upp invanda tröga mönster, vilket ändå uppskattas när det underlättar för några i arbetet.

Så vad blir den ledande funktionen till någon som kanske har neuropsykiatriska störningar, anpassningsbehov mer än vanligt? Hur kan du leda någon som följer klara autistiska, omvärldsfjärmande drag? Det återstår att förklara.

De några som gärna söker det har nog av hänsyn till andra i gruppen valt att inte säga något. De som har mer att säga till om håller sig ofta på sidan för enkelhetens skull. I hockey behöver du producera mål. Rätten producerar mål. Kocken lagar, några serverar, andra inhandlar, tolkar ingredienser.

Att blanda ledarskap med mat, möbler och annat alldagligt blir till slut livet, verkligt, sammanhanget. Alla kloka idéer blir till sist så många att vi inte vet i vilken riktning vi skall vända oss, om inte Du vet vad Du behöver.

Helt klart är att sångerskan, skulptösen har i radioreportage fått säga precis vad som händer. Fördomar når inte framgång och skall inte göra det heller, men de kan ställa till en del för någon oskyldig på vägen. Anpassningsbehov är det fler än rastlösa 10-åringar som har, och inte bara pojkar.

Extra resurs insättes.

Yrkesvana, skickligt erfarna hantverkare kan snabbt avgöra vilken resurs var och en kan bidra med, i vilken omfattning eller tjänst. Företagen får sin besparing, samhället gör verklig nytta för någon som annars vore svårplacerad med sitt behov.

Kursändring. Plötsligt är diagnoser som bipolär populärt, efter ett vältrande i bokstavskombinationer som argument att uppnå LSS, för hjälp. Bipolaritet där humörsvängningar kan tolkas rätt eller fel, bedömas rätt eller fel, samtidigt i de sköra människor som vi är, tålmodigt nöjda eller ej, trygga eller ej.

Yrkesvana vägleder, realistiskt efter rimliga förutsättningar.

Det sker tack vare privata initiativ, ledarskap på plats, utan omvägar i konstruktioner, konferenser eller kommittéer. För att ytterligare förstärka kompromissandet kompletteras listan med kovändningar. Korna fick sin roll i språket på 1800-talet.

Liknande beskrivning kan appliceras på orsakerna till våra krig, som i efterhand skuldbelägger fel instans, de drabbade, från annat håll. Eftersom alla blir delaktiga, oavsett sina inre önskningar att få bli befriade, orsakar hetsen emot någon ett ofrivilligt deltagande. Det kan bli så att Du väljer riktningen ändå, utpekad, angiven, förrådd. Förrådd.

I förrådet av kunskaper, och erfarenheter bildas nya rum, för det nya oönskade hade inte inträffat förut, förrådd.

En projicerad skuld, ett obefogat dömande uppstår i bristen på sunt, klokt ledarskap.

En aktiv ledare anger vad, hur och när något skall utföras, för att sedan följa upp resultatet. Därmed är saken löst, och riskerna minimeras. Det tar inte någon *SWOT*-analys upp.

Ett interaktivt ledande chefskap har så stor inverkan på all produktion att revisionerna blir ren underhållning.

När ledarskapen dessutom ger alla deltagande en möjlighet att lämna sina synpunkter, för att få höra dem bekräftande finns lojalitet även om någon byter yrke, tjänst, arbete.

Det ställer rimliga krav på arbetande, chefer och tjänstemän att ordna för sin egen dag, tillvaron, sitt eget värv, förvärv, lön till munnar att mätta.

Precis som vid matcher inom idrotten är domaren en ledare, en opartisk analytiker vars uppgifter är klart tydligt angivna efter många diskussioner, möten och regelverk.

När en samhällsmatch pågår, gatustrid, närstrid, tvistande i domstol, förhör om stoppsignaler, hastigheter och riktlinjer är tiden obegränsad, svåröverskådlig. På arbetet har ledaren sin talang att utnyttja, vid behov.

Allt blir tillämpat ledarskap.

19

Älska, känn, ge tillbaka, och så vidare...

Det vackra, att omsorgsfullt känna med de du vägleder,
håller om, är ambitionen att skapa något bra för dagen.
Det är en livets underhållning, mer än livsuppehållande.
Allt du gör bidrar till närmiljö och omvärld, värdesätts när
det bedöms på olika vis. Tolkningar följer av återkoppling, ett
bättre läge av kritik. Ordet kritisera är neutralt, men av någon
hopplöst förankrad anledning tycks det för det mesta landa i
negativ energi. Kritik är återkoppling, visst?
Är det befogat eller ej?
"The covers of this book are too far apart."

För att kunna beskriva ledarskap, utan att upprepa vad alla
andra skrivit, eftersom det redan finns så många böcker inom
ämnet, får utmaningen istället bli att inspirera läsaren till att
använda sitt bästa. "Inom" upprepas ofta.
Avsikten är enkel.
Lästips:*"Factfulness", Hans Rosling (1948-2017),* grundare av
Gapminder.org. Ref. *Bill Gates (1955-)*
Utan sällskap har du kvar dig själv att leda, till leda eller att
förleda. Där har vi alltid kvar alternativet om livets stora, det
vackra inom. Lär dig älska, känna och ge tillbaka, sägs det.
Hur det här kunde bli helt hundra är nog närmast sidantalet,
för fortsättningens skull, för din skull.
Gott att du tagit dig hit, fortsättning följer, ge och så vidare.
Östersund 14 januari - Ängelholm 8 februari 2020